Sire Concis
roman

mickael korvin

Du même auteur

Romans
Le Boucher du Vaccarès, et Le Napo
(Éditions Jacqueline Chambon - Actes Sud
1991)

Je, Toro (Éditions Jacqueline Chambon -
Actes Sud 1992)

New Age Romance (Les Belles Lettres
1993, Le Serpent à Plumes 2000)

How to Make a Killing on the Internet
(Pegasus Publishers - UK 2001)

Le Jeûne (Parisvibrations.com 2009).

Biorgie (Parisvibrations.com 2010)

Journal d'une cause perdue
(Parisvibrations.com 2012)

L'homme qui se croyait plus beau qu'il
n'était (Le Serpent à Plumes 2016)
lom qi se croyet plubo qil netet (version en
nouvofrancet, langue inventée par l'auteur)

Traductions
Samuel Fuller, Cérébro-Choc, (en
collaboration avec Jean-Yves Prate), 1993

Lysander Spooner, Les Vices ne sont pas des crimes, 1993

Tim Winton, Cet oeil, le ciel, [That Eye, The Sky] 1997

Iggy Pop, I Need More, 2000.

Alexandre S. Pouchkine, Journal Secret (1836-1837), 2010

Sire Concis
roman

mickael korvin

table des matières

prologue: **l'électron originel** p7

1 **un jackpot millénaire** p16

2 **le toast maudit** p37

3 **une excroissance trompeuse** p54

4 **l'amour contrarié** p69

5 **l'alchimiste putréfiante** p79

6 **l'abus de rom** p89

7 **les barbouzes de Dieu** p108

8 **la secte des décirconcis** p123

9 **le yoda israélien** p136

10 **des enchères d'enfer** p154

11 **le dernier repas** p171

Sire Concis

Gardons une place pour notre
inquiétude maintenons quelques îlots
d'angoisse juive
du moins dans la diaspora
comme il y a des parcs protégeant des
espèces
animales ou végétales
menacées par les stupides massacres
des hommes
quelques réserves de féconde et
salutaire angoisse
d'où pourront peut-être jaillir
des explosions prophétiques
dont ce monde a tant besoin.
Friedmann – Fin du peuple juif

prologue

Propulsé par l'explosion du noyau infiniment petit contenant toute chose, l'électron originel traversa le néant à grande vitesse, laissant derrière lui un fil de feu. Cela dura des millions d'années-lumière, au cours desquelles l'univers commença à se former, les astres et les planètes à trouver leur place. Lorsque la particule d'énergie s'écrasa sur une jeune planète sur laquelle existaient des conditions propices à la vie, mu par un désir instinctif de conscience, pendant des millions d'années encore, l'électron originel chercha par tous les moyens à s'ouvrir à son environnement, à en prendre conscience. Après des milliards de tentatives, l'électron originel développa ainsi un pouvoir de télékinésie lui permettant d'interagir avec d'autres électrons, afin de déclencher des reactions chimiques, au début simples, puis en chaîne. Dans le bouillon primordial terrestre, toujours en quête de conscience, il initia ainsi, suite à des milliards d'essais infertiles, l'advenue de la première étincelle de vie cellulaire, et, au bout de millions de tentatives encore, qui donnèrent naissance à autant d'espèces, à une conscience sans limite, qui s'exprima par la bouche du Fils de l'Homme.

L'après-midi du huitième jour, à la troisième heure, l'Enfançon était sur le point d'être circoncis, dans l'étable-même ou il était né. Une coupelle en argent, dans lequel tomberait le prépuce du bébé une fois sectionné, était l'unique objet de valeur ici. Un bon tiers de l'assistance avait un sourire narquois au coin de la bouche et circulaient à voix basse, entrecoupées de ricanements étouffés, des plaisanteries moquant cette naissance soi-disant « miraculeuse », ainsi que la virginité de sa mère, Marie.
- Moi aussi, je suis vierge, chuchota une voix d'homme, provoquant le rire de ses amis.
La lame sénile qui officiait était rouillée, sale, et la main fripée aux ongles noirs qui la tenait tremblait.
Joseph, le père déclaré du nouveau-né observait la scène, d'un oeil inquiet –
Puis, d'un geste, le petit bout de peau recouvrant son tout petit gland fut tranché, et tomba dans l'objet rituel. Au

contact du sang et de la chair du Verbe Incarné, s'y refléta un rayon de soleil dont l'ombre, sur les manches de deux fourches, forma une croix à la surface d'une meule de paille.

Après la crucifixion du Sauveur, les objets ayant touché à son existence en ce bas-monde, dont l'immense majorité étaient des faux, devinrent bien-entendu sujet de ferveur, et se virent attribuer des pouvoirs divins divers et variés. La Sainte Robe, par exemple, revêtait du Saint Esprit celui qui la touchait. La Lance de la Destinée protégeait l'âme du prosternant. La Couronne d'épines prémunissait des pensées impures. La Croix Véritable montrait le chemin de la Rédemption. Le Saint Suaire ouvrait les portes du Paradis. Ainsi, la croyance populaire attribuait-elle à la coupelle ayant servi à circoncire le Fils de Dieu la faculté de transformer les mécréants en croyants : il était dit que quiconque entrait en contact avec elle était ressuscité avec le Christ par la foi. Longtemps jalousement gardées par l'Eglise dans un sous-sol de Rome, à la chute de l'Empire, elles furent disséminées et la

Sainte Coupelle s'évanouit sans laisser de trace.

Peu avant l'expulsion des juifs de France au 13e siècle, par Philippe le Bel, une trace administrative, récemment retrouvée dans les archives municipales, fait mention d'une coupelle en argent gravée de lettres hébraïques, confisquée à un arracheur de dents israélite de Toulouse, un certain Moshe Landau. Plusieurs de ses patients lui reprochaient de pratiquer la magie noire, car après s'être rincé la bouche avec l'instrument en question, ils disaient tous avoir souffert de contre-effets 'maléfiques', mais le papier de ce rapport avait pris la pluie et était aux trois-quarts illisible, et, hormis le lettrage retranscrit, correspondant précisément à celui gravé sur l'original, aucune description de l'objet incriminé de sorcellerie, ni poinçon, ni forme. Sainte Coupelle ou non. elle disparut de nouveau.

Une autre Sainte Coupelle émergea en Espagne, au 14e siècle, après l'expulsion des juifs de ce pays: la famine y régnant, un jeune prêtre de

Valence, le Padre Emilio Gustavo, allait à dos d'âne, de foyer en foyer pour distribuer, à l'insu de ses supérieurs, une partie des maigres réserves en farine de la cathédrale. A chaque arrêt chez les plus démunis, il piochait dans son sac a l'aide d'une coupelle en argent, marquée de lettres hébraïques, une coupelle dont il ne connaissait ni l'origine, ni la signification des gravures en hébreux. Selon le folklore local, quand les reserves ecclésiastiques en vinrent à leur tour à manquer, la coupelle s'était mise à se remplir de farine seule, ainsi qu'en témoigne, sans toutefois y prêter credit, le registre épiscopal, ne faisant que rapporter le mythe qui circulait. Y était aussi présente une description succincte de cette coupelle, similaire à plus d'un titre à celles de Bethléem et de Toulouse.

En Russie, les cosaques n'aimaient pas non plus beaucoup les juifs en ce violent 16e siècle, et les pogroms pullulaient. C'est ainsi qu'une nuit d'été, d'élégants cavaliers en uniforme, coiffés de fourrure, avaient fondu sur la communauté israélite de Perienska, jetant leurs torches sur les toits de

chaume, y sabrant sans pitié les habitants surpris dans leur sommeil. Au milieu des corps ensanglantés et maisons détruites fut retrouvée intacte une coupelle circoncision en argent, unique objet de valeur ayant survécu au feu et au pillage,
Une stèle de vingt pieds fut érigée dans le temple reconstruit, pour que cette 'nuit de ruines incandescentes de Perienska' ne s'oublie jamais.

Mais au dix-septième siècle, elle redescendit de ce perchoir, lorsque au décès de son prédécesseur, le hameau accueillit un jeune rabbin, Pichta Goldman, tout frais sorti de yeshiva à Moscou. Celui-ci était habitué aux fastes cérémonieux des grandes synagogues de la capitale, où l'on ne faisait pas dans la demie-mesure pour rendre gloire à Dieu, avec foison d'or et de soie au moindre shabbat. Alors, à sa première circoncision, ne voyait pas pourquoi il continuerait d'utiliser la vieille coupelle d'étain usuelle toute abimée, bonne pour la poubelle, il grimpa sur la stèle à mains nues pour récupérer celle tout là-haut, en argent, dont la signification commémorative s'était quelque peu étiolée avec le temps. Il la fit polir et y fit ajouter de nouvelles gravures, dans les espaces vides autour des lettres anciennes d'origine – sur une face un aigle au-dessus du temple de Jérusalem, sur l'autre un sage et un klezmorim, pour qu'ils bénissent les nouveaux-nés de la communauté du goût du savoir et des arts. Hélas, les premieres plaintes de parents concernant ses circoncisions tombèrent vite : les bébés subissaient ce que le rabbin, dans sa lettre de démission au Consistoire, qualifiait de 'complications', sans préciser lesquelles.

Deux siècles encore s'écoulèrent avant qu'une Sainte Coupelle ne refasse surface. Il est conté dans le journal de la famille Orsag, scrupuleusement tenu par Madame, que son mari, le garde-champêtre du village transylvanien de Huyavarod, Bundi Orsag, après que les nazis aient raflé et emmené tous les juifs, en avait 'trouvé' une : une coupelle en argent gravée de lettres hébraïques et de dessins, de la taille d'une grosse main. A l'arrivée de l'armée rouge, le couple Orsag fut arrêté et condamné pour collaboration. Dans l'inventaire du butin subtilisé aux victimes de la Shoah qui fut récupéré chez eux, ne figurait aucune coupelle.

Vingt ans après la chute du régime soviétique, fut révélée l'existence d'un centre d'expérimentation secret, dans la banlieue de Saint Pétersbourg, où une centaine de scientifiques avaient travaillé au développement d'une technologie militaire nouvelle, ambitionnant de permettre aux camarades-soldats de 'marcher sur l'eau', afin de pouvoir prendre par surprise n'importe quel ennemi. Leurs pistes de recherche incluaient des études sur la flottabilité du corps humain, l'hydro-propulsion, le lavage de cerveau, l'hypnose, les psychotropes, la privation de sommeil... et, en partant de la supposition que Jésus ait vraiment marché sur l'eau, de l'utilisation d'objets réputés lui avoir appartenu : un menu morceau de la Croix Véritable et une coupelle de circoncision en argent gravée de lettres hébraïques. Ne produisant pas les résultats escomptés, ces recherches furent abandonnées, le centre démantelé et son contenu dispersé.

1 Un jackpot millénaire

Donc, un matin, le chineur, espérant, comme toujours, la pêche miraculeuse, s'était levé avant le soleil et, sous le périph', en bordure de la plus grande offre de brocante et d'antiquités du monde - acarien aveugle perdu un tourbillon de poussière – est entré en choc frontal avec ce qui lui était destiné. Et même si cela lui aura valu d'être «handicapé» à vie, avec le recul, il ne regrette rien.

Lui, c'est moi, Christian Kravitz. 'Kravitz le broc' on m'appelait.
J'avais choisi ce métier et pris cette boutique parce que j'idéalisais – bêtement – les Puces, et également pour y bazarder mes jouets anciens –

une collection de toujours, plus tout ce que j'avais ramené de mon emplacement précédent Porte de Vanves. Malgré mon réel intérêt pour les jouets anciens, c'était au départ comme à l'arrivée un domaine dans lequel j'étais relativement néophyte, en expertise des marques, des modèles, des dates de fabrication et des prix. Alors dans ma boutique régnait le grand n'importe quoi.

Malheureusement, l'époque où j'avais débuté aux Puces, plus personne ne voulait gaspiller son bon argent sur les vieilleries, et sur les jouets anciens encore moins.

Dans le temps, radotaient les vieux de la vieille, on pouvait mettre sa belle-mère sur le trottoir et dans l'heure un touriste américain ou japonais vous l'achetait rubis sur l'ongle. Epoque révolue. Rien à faire, chez moi ne passaient que des pingres, et au goutte-à-goutte en plus... Sauf pour leur jeter un regard distrait, tous se fichaient royalement de mes château-forts, de mes vaisseaux spatiaux, de mes souris sauteuses, et du reste.

Il n'y manquait plus que les cactus et les boules de broussailles poussées par le vent pour que ce qui fût autrefois la cinquième attraction touristique de France, ressemblât à une ville-fantôme du Far-West sauvage... Allais-je me jeter sous les roues de la benne à ordures qui passait ? Non.

Les premières semaines d'automne de la première année, juste après avoir acheté le bail à prix d'or, il y avait bien eu quelques week-ends ensoleillés, avec du monde aux terrasses et dans les allées, au cours desquelles j'avais réussi à refourguer suffisamment de babioles pour payer le loyer, mais cela ne dura guère. Très vite, mes caisses se vidant à vitesse Grand V, je fus conscient de l'erreur monumentale que j'avais faite avec l'acquisition de ce maudit 3-6-9, lequel, en un court semestre, perdit la totalité de sa valeur de revente. Mes innombrables curiosités, aussi extraordinaires fussent-elles, ne faisaient qu'accumuler la poussière, et tout ce bric-à-brac, sans cesse nourri de nouvelles arrivées de marchandise, s'était progressivement transformé en capharnaüm inouï.

J'étais coincé aux Puces, bidonville surchargé, sale et hostile de l'objet de seconde main et de la sous-qualité...

Pourquoi la situation économique avait-elle tellement changé à Saint-Ouen ? Pourquoi ne venaient-ils plus, les oligarques russes, les dignitaires chinois et les files indiennes d'épouses saoudiennes? La crise n'expliquait pas tout. était-ce parce que le quartier avait une réputation de coupe-gorge, où sévissaient pickpockets, braqueurs, arracheurs de sacs et de colliers, et autres bras cassés de la cité HLM et du campement rom, tout proches? Il y avait sans doute un peu de cela.

Cependant certains affirmaient que la fuite en masse du client avait plutôt lien avec la qualité de la marchandise, et que c'était de la faute des antiquaires, devenus trop paresseux pour, comme leurs prédécesseurs, se fatiguer à chasser la trouvaille rare et dénicher la pièce unique. Eh bien moi, après trente-neuf mois à fuir la misère, un matin, comme les anciens autrefois, je l'ai déterré, le trésor valant une fortune !

Nous étions dimanche, il faisait beau et, pour une fois, ça sentait le jour d'affluence. J'étais dans un état d'esprit relativement positif, même si la recette de la veille ne s'était élevé qu'à quarante-deux euros – de plus en plus ruiné, je faisais l'autruche, en me racontant qu'une affaire ne se révèle viable qu'au bout de plusieurs années d'exercice et que la clientèle finirait bien par me trouver.

Mais en vérité, pour m'en sortir, il me fallait un miracle. Oui, un miracle de brocanteur.

Car le but et l'obsession de bon nombre des professionnels qui quadrillaient le périmètre n'était pas de faire un petit bénéfice avec la culbute d'un objet peu onéreux, mais de trouver LE trésor : dénicher la cassette à double-fond cachant moult napoléons, ou le bronze de Giacometti repêché dans la Seine, ou l'assiette de la dynastie Ming, ou la Rolex Oyster au cadran si sale qu'on n'y lit que 'ole Oy', ou l'édition originale du premier album de Tintin avec une gribouille au stylo signée Hergé en troisième de couverture, ou pourquoi pas le Picasso mépris pour une étude de lycéen.

Eh bien, je n'allais pas tarder à le toucher, moi, le gros lot que tous recherchaient ! Chaque matin, après avoir garé ma voiture, en faisant le trajet vers la boutique, je passais donc par le marché gitan, le fameux marché aux voleurs, sous le périphérique, où tout était soit de la cambriole, soit direct sorti de la poubelle, et où tout se vendait pour une bouchée de pain - - parfois même de vraies antiquités, plus ou moins précieuses, cachées parmi les ordinateurs qui ne marchaient plus, les produits sanitaires éventés, (souvent estampillés Secours populaire) ; les copies bon marché de lunettes de soleil, de sacs-à-main, et de chaussures de sport de marques. J'y dépensais vingt à quarante euros, au marché-aux-voleurs, avant même de gagner mon premier centime de la journée.

Près des pentes herbues, parsemées de papiers gras et infestées de rats, avait lieu ma visite obligatoire à la bande étroite des déballeurs, sous le pont de périphérique et dans les vastes squares arborés alentour, les sans-dents, les sans domicile fixe, les sans éducation, les sans pays, après avoir éventré les sacs-poubelle d'île de France entière pendant la semaine, revendaient tout ce qu'il y avait d'à-peu-près potable ici-même, le week-end. Des roms, des maghrébins, des africains, des asiatiques et toute la misère des pays sous-développés du monde ; des hommes aux visages sales et fatigués, en guenilles. Ils étaient tous là, aux marché-aux-voleurs, avec leurs femmes usées par les grossesses à répétition et leurs ribambelles d'enfants. Tout la France de la diversité dans sa version la moins sexy, encerclée de gros requins blancs, tournoyant un peu partout dans ce Monopoly du pauvre, avec l'appétit d'obèses dans un buffet illimité. Ca gueulait, ça s'engueulait, ça ramenait sa gueule. Les crasseux gamins aux pieds nus, pour une petite pièce, leur faisaient partager à chaque tentative de vente leur désolation et infortune, proposant leurs trouvailles de poubelles sur des draps souillés, étalés parterre, lesquels composaient, vus de loin, un patchwork géant de la détresse et du recyclage.

Je déambulais à toute vitesse parmi les îlots de fripes arc-en-ciel et d'objets en fin de vie, mon oeil hyper-entraîné de chineur de classe internationale aux aguets, quand soudain, alors que j'étais en train de jauger le Camerounais qui essayait de me refiler un dessin d'Ornithorynque supposément début 19ème, un bref reflet étincelant attira mon attention. Je me retournai, non pas à la vitesse du prédateur affamé, mais plutôt avec la lenteur calculée de l'Ornithorynque ayant humé le plat préféré des Ornithorynque, et sachant instinctivement que c'est à portée de bec.

Tandis que je m'éloignais du Camerounais qui m'insultait en secouant le dessin haut au-dessus de son haut-de-forme, parmi les mini-gratte-ciel de téléphones mobiles hors d'usage, faux ou tombés du camion ; parmi les paquets d'aliments et de produits sanitaires et de beauté périmés, compromis, cabossés ou ouverts et parmi les rangées puantes

de paires de chaussures aux semelles trouées et probablement mycosiques, qui faisaient du pied aux maquettes branlantes de porte-avions assemblées de mains immatures, et sur lesquelles menaçaient de s'effondrer des bibliothèques intégrales, jetées en monticules comme pour un autodafé...
Bref, dans ce fatras inimaginable pour celui qui ne l'a pas vécu, de tout ce que l'on peut ramasser dans une poubelle, une déchetterie ou chez un receleur, quelque chose de divin, dans le sens littéral du terme, m'appelait.
Un scintillement, très bref.
Ca venait de derrière une paire de batteries de voiture reliés à un magnétoscope VHS, relié à un téléviseur de l'ère quaternaire, sur l'écran à tube cathodique duquel l'image muette de Louis Armstrong soufflant dans sa trompette semblait charmer un panier à serpents débordant de câbles, de chargeurs, de connecteurs et divers composants électroniques.

Je me suis plongé, le regard laser et les doigts brûlants, dans la masse mouvante des autres chineurs, tout aussi fébriles que moi, reniflant comme des chiens de chasse les repoussants rebuts matériels de la société de consommation, sauvés du compactage. Je me suis dirigé plus particulièrement vers l'endroit d'où était venu le scintillement ayant mis en route mon intuition de broc. Rien d'intéressant ni à bâbord, ni à tribord, aucune influence rodinesque dans la tête de mannequin galeuse au Crayola qui me regardait en chien de faïence. Même de plus près, que de la merde. Déçu d'avoir été trahi par mon instinct infaillible , sans dire ni bonjour, ni au-revoir et, n'ayant payé attention qu'à la marchandise au sol, sans avoir ne serait-ce qu'une fois regardé les biffins tziganes, j'ai de nouveau mis les voiles, direction le marchand miséreux suivant. C'est alors qu'un accent rom m'interpella :

- Achète, achète Monsieur, pas cher Monsieur, pas cher, regarde, regarde, me harangua un adolescent moins mal habillé que les autres, me tendant un verre à moutarde Lucky Luke plus sale que son ombre, puis un poste de radio-cassette Blaupunkt sans cache de

batterie - il se baissa de manière à être dans mon champ de vision.
Je lui ai poliment souri.
- Non, merci.
- Un euro, un euro, insista-t-il de la supplique aiguë typique des mendiants roms - - « Cinquante centimes, cinquante centimes ! ».
L'air de rien, j'ai repris mon chemin à petits pas, quand une grosse voix également à l'épais accent d'Europe de l'est, mais qui n'avait rien de plaintive, me stoppa net :
- Monsieur, pour vous, regarde !
Je levai les yeux sur un espèce de Hulk, en plus massif, très mat de peau, aussi haut que large, en costume gris trois pièces à rayures - il tenait à la main une coupelle noircie, apparemment en étain ou en fer, et arborait un sourire tout refait 14 carats (c'était sans doute de là qu'était venue la lueur ayant capté mon regard). Derrière lui, j'aperçus une vieille grand-mère et deux femmes plus jeunes, toutes trois sur des chaises longues, comme au bord d'une piscine, surveillant distraitement une flopée de gosses s'amusant à se rouler dans la poussière et la boue. Plus loin, assis

sur un banc public, une bande de
jeunes roms, similaires aux délinquants
que l'on voyait à la télévision – ceux
qui dépouillaient les touristes dans le
métro – me regardaient de travers.
D'ailleurs tous autant qu'ils étaient,
bébés, ados et vieux, avaient les yeux
braqués sur moi. « Pour toi achète ! »,
répétait-t-il.
- Non, ça ne m'intéresse pas.
- Toi juif !
Ne m'y attendant pas du tout, j'étais
bien-entendu sous le choc : une attaque
antisémite ! Il n'y avait pourtant pas
écrit juif sur mon front, et j'étais des
milliers de kilomètres de me douter que
mon appartenance se voyait tant que
cela.
- Oui, toi juif, objet juif pour toi, pour toi,
regarde, pas cher !
Il me tendit la coupelle.
Contraint et forcé, je la lui pris des
mains et la soupesai - elle était plus
lourde que je ne le pensais - je
l'examinai sommairement, et vis sous la
couche de suie et de sédiments
pétrifiés la recouvrant entièrement, des
caractères hébraïques. En grattant de
l'ongle, je mis à jour à jour un poinçon –
ce pouvait être de l'argent – mais

sûrement l'avaient-ils vérifiée un minimum avant de la proposer à la vente. Ou peut être pas après tout, vu que le rom lambda ça vivait au jour le jour, et vérifiait rarement la valeur cachée de ce qu'il trouve. Mais pour l'instant je n'étais sûr de rien, car on poinçonnait souvent également l'étain. Ca paraissait assez ancien en tout cas.
- C'est combien ?
- Combien donne toi à moi ?
- Cinq euros, je répondis sans hésiter.
Il éclata de rire si fort que de nombreux curieux se retournèrent, surtout lorsque ses proches se mirent à rire avec lui, et cessèrent pile à l'instant où il cessa :
- Au revoir, juif, m'insulta poliment le vendeur, replaçant la coupelle sur le drap entre un rasoir électrique poilu et un casque de chantier accidenté.
S'approcha un homme maigre, engoncé comme un bonhomme Michelin dans un anorak jaune-pipi, qui commença à lorgner sur l'objet pardessus mon épaule ; quand, de derrière moi, il lança « Quinze euros ! » dans un fétide souffle aïlé, cela déclencha une fièvre de la surenchère minable, typique de cet endroit. Remonté comme une toupie Tupolev, je n'allais laisser personne me

siffler ma trouvaille. Je me suis fixé une limite à trente euros maximum, du fait que je n'avais aucune idée si c'était du lard ou du cochon, son machin, et que je ne dépensais jamais plus de cinq ici.
- Attendez, je vous en donne vingt, ça vous va, ou bien ?
- Trente euros ! postillonna direct le nouveau venu, abaissant la fermeture éclair de sa veste pour sortir le cash. Je me suis retourné vers lui avec rage, et vis qu'il portait un T-shirt noir, sur lequel étaient représentés deux personnages de signalétique urbaine, détournés de façon inhabituelle : une silhouette de femme en jupe, debout, les jambes écartées, et un homme, à genoux, lui tendant des billets en offrande. Il y avait marqué en-dessous en italiques les mots « Je suis un Money pig. » Sur le coup, je n'y ai pas prêté attention, car ce qui me préoccupait surtout était de ne pas dépenser plus de trente euros sur cette saloperie : il était de mon devoir envers moi-même de me fixer une limite afin de résister à la tentation de surenchérir... Je la lui laisse, à l'anorak jaune-pipi, sa coupelle de à deux balles, me suis-je dit.

- Tant pis, bonne journée messieurs, je les saluai, le coeur lourd.
L'autre prétendant, qui n'attendait que cela, trop content, sortit un vingt et deux cinq de sa fermeture velcro et s'apprêtait à saisir, victorieux, son trophée, quand la vieille grand-mère rom, drapée de broderies fleuries et toujours sur sa chaise longue, cria quelque chose dans leur langue qui incita le trapu patibulaire hulkien à m'attraper par la manche.
- Attends, Monsieur, vous attend doux minutes.
Il me relâcha, et la coupelle à la main, alla consulter la dame âgée, qui lui souffla quelques mots à l'oreille, me dévisageant méchamment de derrière des pelles de Rimmel, au centre de ses rizières de rides.
- OK, vingt huit euros, Guyekevek donner coupe à juif, lança-t-il revenant vers moi.
- Je ne comprends pas.
- Elle dit que vous premier et vous juif, alors Guyekevek donner pour vous pour vingt huit euros.
- Quarante euros ! tenta l'anorak.
- Non, se referma l'armoire rom, « coupe pour juif. »

Je lui ai donné vingt-huit pièces, parce qu'il faut toujours avoir de la monnaie sur soi quand on chine. Puis j'ai vite déguerpi, avant que le dit Guyekevek ne change d'avis.

Très en retard pour ouvrir, je devais en premier déballer les colonnes de caisses de marchandises qui empêchaient l'accès à mon étroit magasin, un local exigu à l'extrême, rempli de bric-à-brac jusqu'au plafond. En dépit de mon empressement à m'occuper de ma coupelle, je dus donc vider le stand pour que d'abord moi, ensuite d'hypothétiques acheteurs, puissions y entrer. Après avoir transbahuté tous ces cartons, le manque de clientèle me laissa du temps libre : la coupelle fut délicatement lavée, séchée, brossée, lustrée. Rendue méconnaissable par ce méticuleux travail , elle s'exposa nue pour la première fois depuis une éternité, et se mit à briller comme un diamant – elle était bien en argent massif ! Je me suis félicité du vent favorable qui l'avait menée à moi. Ainsi, parfois les rêves d'un brocanteur se réalisent.

Avec l'appareil photo de mon téléphone, j'en ai pris des gros plans, sous tous les angles : le poinçon érodé, sous son pied en tulipe, formait une étoile à six branches, dont trois étaient à moitié effacées. Les dessins, quant à eux, témoignaient d'une grande précision — sur une face, un aigle reposant sur une synagogue, elle-même soulignée d'une longue inscription calligraphiée en tout petits caractères hébraïques, dans une belle écriture carrée à prolongements filiformes. L'ensemble avait pour cadre un décor végétal d'entrelacs, de tiges et de fleurs stylisées, au milieu desquelles se trouvaient deux personnages - un rabbin, les paumes tournées au ciel, et, assis à côté de lui, un musicien avec sa lyre. De l'autre côté le chandelier à sept branches, à l'intérieur d'une structure en forme de porte, surmontée d'un demi-cercle, abritant quelques lettres de plus.

J'ai demandé à Mourad, un voisin vendeur de disques et CDs psychédéliques, de me garder la boutique pour aller voir un marchand d'Hébraïca de Vernaison, dont j'avais

fait la connaissance au comptoir du café.
La flèche indiquant «Joël Samama Hébraïca » pointait en direction du premier étage de cette galerie bien fréquentée. Un escalator en état de marche m'y fit monter, chose inédite dans la cour des miracles où moi je tenais boutique, les deux escalators de mon coin du marché étant définitivement grippés de rouille.
Son établissement irradiait d'objets rituels, d'objets liturgiques, d'objets de shabbat et d'objets de blasphème, de toutes les époques. Mais je subodorais déjà que ma coupelle appartenait à la catégorie supérieure.

Le barbu me reconnut et vint à ma rencontre – il avait des faux-airs de Steven Spielberg avec sa casquette de baseball.
- Kravitz ! C'est gentil de me rendre visite, collègue ! fit-il avec un accent noir-pied à se boucher les tympans avec sa kippah.
- Il s'agit d'une visite un peu intéressée, mon vieux Samama, j'ai besoin de tes conseils, pour un objet juif que j'ai trouvé.

- Alors tu es à la bonne adresse, l'ami ! Regarde autour de toi, je suis une encyclopédie vivante du judaïsme !

Je sortis la coupelle de la poche déformée de mon imper, et la lui présentai religieusement.
Samama fit un long silence.
- Tu en veux combien, demanda-t-il. d'emblée, examinant mon trésor avec un éclair d'avidité dans les yeux.
- Elle n'est pas à vendre pour l'instant, désolé.
- Dommage - - tu vois, là, c'est un poinçon français antérieur à la révolution.

Il m'expliqua que c'était d'autant plus rare qu'il y avait alors très peu de juifs autorisés à vivre en France, et que la plupart des objets juifs confisqués à l'époque avaient été fondus comme «dons patriotiques».

- Il y a la mention milah, poursuivit-il. En hébreux milah signifie à la fois 'mot' et 'coupure' – je pense qu'il s'agit d'une coupelle de circoncision – le rabbin y plaçait le prépuce du bébé après l'avoir sectionné ».

Je lui saisis la coupelle des mains et la fis pivoter.

- Et la phrase de l'autre côté, ça dit quoi ?

- C'est écrit trop petit, il me faut ma loupe -- il la sortit de sa poche de gilet – « voilà, c'est pas évident à déchiffrer, ajouta-t-il, en collant le nez dessus. » Sur un bout de papier, il nota un mot, puis un autre, en marmonnant quelque chose au sujet de « certaines lettres » qui auraient « des pouvoirs magiques », puis il barra tout et écrit encore autre chose, avant de traduire : « C'est un très ancien proverbe du Talmud, qui dit ceci : Sache trois choses, d'où tu proviens,où tu veux aboutir, et à qui tu dois rendre des comptes - - je t'en offre mille euros à prendre ou à laisser.

- Merci, mais non merci, je ne suis pas pressé de vendre, Samama.

- Deux mille, qu'est-ce que t'en penses, Kravitz -- j'ai un collectionneur écossais pour ça.

J'ignorai encore une fois son offre.

- Merci encore mon vieux, allez, salut !

- Reviens me voir si tu décides autrement – allez, va pour trois mille, c'est mon dernier prix, à prendre ou à laisser, répéta-t-il.

- Toujours pas, mais merci pour ton aide quand même, je te le revaudrai.
- Entre collègues des Puces, c'est bien normal, termina-t-il froidement.

2. **Le toast maudit**

Dès mon retour au stand, je me suis précipité au fond, dans la remise, devant l'ordinateur, afin de lancer Google, à la recherche de ventes aux enchères d'objets liturgiques juifs comme le mien – je n'en ai trouvé que deux, de coupelles de circoncision en argent d'avant 1789, toutes deux vendues lors d'enchères à Drouot, en 2007, pour respectivement 26 000 et 29 000 euros !!!
Je n'en revenais pas – cette petite coupelle allait non seulement effacer l'investissement perdu dans ce satané stand, mais également me rapporter gros – il fallait fêter ça, champagne pour tout le monde !

Me sentant tout-à-coup grand seigneur, j'ai glissé un billet à un gamin de ma rue, pour qu'il m'amène deux bouteilles glacées de Dom Pérignon du Monoprix, et invité tous les marchands de ma rue à arroser ça. Et ce fût à ce moment-là que j'ai commis l'erreur justifiant le présent récit - - plus précisément, j'ai oublié de dire au gosse qui était allé chercher les bulles de ramener aussi des gobelets en plastique. Par conséquent, je dus emprunter des verres au restaurant antillais d'à côté – hélas, une fois les bulles versées et distribuées à tous, je m'aperçus qu'il manquait un verre, le mien à moi.
Ne voulant pas faire l'effort de retourner en dégoter un supplémentaire, et de gâcher le moment, sans y réfléchir à deux fois, je l'ai remplie à la lie, ma coupelle de circoncision - je la savais impeccablement propre pour l'avoir nettoyée moi-même. Alors que nous trinquions à ma fabuleuse découverte, en posant les lèvres sur le rebord de l'objet, je fus traversé d'un picotement étrange, un spasme qui un instant me parcourut tout le corps. Nonobstant, nous avons promptement asséché la paire de Dom Pérignons.

- A ta santé, Kravitz ! célébrèrent-ils, unanimes, mon insolente chance « de cocu ».
A l'extérieur, je crus reconnaître l'anorak jaune-pipi qui avait failli acheter la coupelle à ma place – mais je n'en étais pas sûr. Sur mes gardes, j'ai dissimulé ma coupelle dans le sac en plastique Monoprix ayant servi à transporter le brut.

A peine une demie-heure après mon pot improvisé, l'hébraïste des Puces auquel j'avais demandé conseil revint vers moi à grands pas, accompagné d'un géant roux en kilt !
- Aïe aïe aïe, poy, poy, poy, l'ami, j'ai parlé de ta coupelle à mon copain Dweneth McDonald.
Le mastodonte en jupe tendit la main et écrasa la mienne.
- Baune Journaye, me salua l'écossais.
- C'est un des gros joueurs dans le Judaïca ici. Tu me remerciras plus tard, t'en fais pas, fais-moi confiaaaaaaance.
- Enchanté, je dis, sans le penser.
- Je vais pas y par quatre chemins, collègue, Dweneth t'offre trente mille cash.

Trente mille euros ! Une cascade de salive me déborda des lèvres. Je me suis ressaisi. S'ils en proposaient trente mille c'est qu'elle valait au moins le double.
- Je ne suis toujours pas prêt à vendre.
- C'est une offre en or, réfléchis bien, où tu vas en trouver, du flouze comme ça ?
Sans prévenir, le Scotch me serra le col du poing :
- You're fucking going to sell me that fucking cup, mate !
- Po-po-po, doucement Dweneth, on peut discuter.
Samama le fit gentiment me lâcher.
- Il n'y a rien à discuter. Je ne suis pas vendeur, je m'entendis dire, tremblant.
L'écossais se baissa pour souffler quelque chose à l'oreille du pied-noir.
- Dweneth veut la voir.
- Hors de question.
Il se pencha de nouveau pour chuchoter.
- Dweneth, il dit que ta vie aux Puces peut être très facile ou très compliquée, il dit que ça dépend de toi. N'oublie pas que tu est nouveau ici ! Tu as tout intérêt à accepter l'ami.
- J'ai dit non ! Non c'est non !

Mais je n'étais pas au bout de mes surprises avec ces deux là: Une demie-heure après, l'écossais géant et Samama, le marchand d'hébraïca, étaient de nouveau devant ma boutique :
- Kraviiiitz ! Dweneth a une nouvelle proposition à te faire !
Toujours en kilt, ce dernier tenait une mallette à l'horizontale, dont il ouvrit le couvercle d'un clic, révélant des piles de livres sterling, côte à côte, de bord à bord.
- One hundred thousand cash, ma pote, sourit-il d'un clin d'oeil.
Il me fallut un moment pour réaliser.
- Po-po-po, cent mille, Kraviiiitz, ce serait pêché, la vérité.
- Je, je, je...
L'écossais referma sa mallette aussi vite qu'il l'avait ouverte :
- Don't make me waste my time, bloke, I have to catch the Eurostar back to London at ten.
-Je, je, je...
- Moi, à ta place, tu vois, Kravitz, je me prends pas la tête, réfléchis même pas, je ramasse l'oseille et je pouêt-pouêt, Miami Beach me voici ! plaisanta le

marchand en faisant de la main droite la machine-à-sous puis le klaxon.
- Je, je dois réfléchir.
- Ecoute, ma pote, tu as vu la film « Highlander » ? Yes ? Then tu sais que nous la écossais, on rigole not. Ton life peut être change très beaucoup génial, ma pote. Don't be stupid, mate.
La tentation fût grande, mais une transaction avec cette face de gangster ce n'était pas rassurant, les coupures étaient peut-être fausses, ou, qui sait, ou le Scotch avait pu essayer de faire comme dans les films, en plaçant un vrai biffeton sur chaque pile de papier journal sans valeur, et à y réfléchir c'est vrai qu'il l'avait refermé bien vite, son attaché-case. Et si le molosse rouquin en jupe décidait de me braquer une fois ma coupelle en main ?
Tandis que si j'empruntais la voie d'enchères dans une maison de ventes, je me disais, tout était réglo. Le risque étant que les enchères n'atteignent pas ce haut niveau. Mais elles pouvaient également le dépasser. Non, je résistai à la pression :
- Je ne suis pas encore disposé à vendre. Mais quand je le serai, ma coupelle sera mise aux enchères. Je

vous encourage à y participer. Bonsoir messieurs.

Le soir, en marchant à pas pressés vers la voiture avec ma précieuse coupelle, je regardais par-dessus mon épaule toutes les trois secondes, à contracter un torticolis. Enfin assis derrière le volant, je repris mon souffle et fis un panoramique à 360° pour être sûr que personne ne me filait. Assailli par une crise d'angoisse, et une légère démangeaison à l'extrémité de mon sexe, j'ai démarré en trombe ma vieille cross-over fourgonnette.
Immédiatement mon sixième sens de malade paranoïaque m'indiqua qu'il y avait danger et en effet dans le rétroviseur grossit une Bentley bleue marine de collection, avec l'anorak jaune-pipi au volant, qui me faisait signe !

Sans mettre le clignotant, je changeai de direction, traçai à fond rue Lamarck, à gauche, à droite, puis à gauche encore, à gauche-gauche, à droite-droite, et me suis retrouvé place des Abbesses, l'anorak toujours aux trousses, lorsque, comme un imbécile,

j'ai pris la décision de grimper direction le Sacré-Coeur, pied au plancher. Bien-entendu, rapidement mon véhicule fut coincé au milieu d'une marée de touristes et de cars. Le mystérieux suiveur se gara juste derrière moi avec sa grosse Bentley, j'étais immobilisé. Je verrouillais maintenant les portières, parce que l'anorak sortait de son véhicule et se dirigeait vers moi ! Le type venait de frapper à la vitre, me faisant sursauter avec accent haut-perché, plus vieille France, tu meurs :
- Sire Kravitz, Sire Kravitz, vous devez absolument m'aider !
J'ai baissé la vitre de deux centimètres, et il se colla à l'ouverture comme une ventouse.
- Comment connaissez-vous mon nom ? Vous me suivez pourquoi ? j'ai demandé, connaissant déjà la réponse.
- Je vous en supplie, Sire, ayez pitié ! J'ai trouvé vos coordonnées sur le domaine internet de la seigneurie de Saint-Ouen. J'ai quelques tourments à vous faire ouïr Sire Kravitz, laissez-moi vous expliquer !
- Laissez-moi tranquille ! Je sais ce que vous voulez ! La coupelle est à moi !

- Certes, elle est à vous. Néanmoins, par miséricorde, Sire, accordez-moi audience. Je m'appelle Yvan de Lourre-Poitrain, Baron de Lebeinchaulx, sixième du nom, et même s'il est vrai que je désire votre coupelle, je ne vous veux aucun mal, j'en verse allégeance. Par bleu, Sire Kravitz, de grande peine je souffre et aimerais vous en narrer la substance, ensuite c'est vous qui voyez... »

- C'est tout vu. Fichez le camp, je vous dis !

Mais la Bentley gênant le passage des autocars, une policière s'approcha :

- Vous avez vu un peu où vous êtes garé, là, Monsieur ? elle lui demanda, à l'anorak, puis se tourna vers moi :

- Ca vous donne l'impression d'être un parking ici, Monsieur ?

Peu enthousiaste à l'idée que la police s'en mêle, je baissai la vitre :

- On s'est juste arrêté le temps de décider d'un resto, Madame l'agent. On s'en va.

- Allez, circulez, et plus vite que ça !

- Je peux vous rendre plus riche que riche, Sire Kravitz !

Plus riche que riche ? Il avait bien dit « Plus riche que riche ? » Tout-de-suite plus intéressé, je me suis dit qu'il n'avait pas l'air bien méchant, et que ça ne me coûtait rien d'écouter ce que ce Poitrin avait à me raconter.
- D'accord, retrouvons-nous au Wepler, place Clichy, le temps de se garer.
- Merci, Sire Kravitz, vostre ne lez regretterez point !

Il me rejoignit à la terrasse de cette majestueuse brasserie, où dans une vie antérieure, je faisais des déjeuners de travail en costume-cravate. Les oreilles grandes ouvertes pour entendre ce que le type bizarre à l'anorak jaune avait à me proposer, sa question sortie de nul part m'interloqua :
- Avez-vous déjà entendu le terme anglais « Money Pig », Sire Kravitz ? La domination financière, vous en avez forcément entendu parler, non ? Il s'agit d'une sous-branche du sadomasochisme...
Pourquoi il me racontait ça lui ?
- Soit vous me donnez un nombre sur-le-champ, soit je me lève et je vous plante là !

- Ce que j'essaie de vous dire c'est que tous mes avoirs et biens appartiennent à ma maîtresse, Déesse Ulla.
- Je ne comprends pas, vous allez me faire une proposition pour ma coupelle, oui ou non?
- Dimanche, en revenant des Puces où nous nous croisâmes, comme tous les soirs, j'ai téléphoné à Déesse Ulla, pour lui détailler les sommes engrangées, et combien d'offrandes j'allais pouvoir lui verser pour la journée, ainsi que les perspectives de rentrées d'argent pour les vénérations du lendemain.
- Vous êtes cinglé.
- Je lui ai tout raconté, les Puces, le Roumain, vous preux Sire, et la coupelle que je n'ai pas remportée... La Divinité refuse de m'absoudre tant que je ne la lui ai pas retourné votre relique. Ecoutez je donnerais n'importe quoi ! »
- Combien vous proposez ? Je demandai, pour la troisième fois.
- Cinquante mille euros.
- On vient à l'instant de m'en offrir le double !
- Alors cent cinquante mille ! Je vous fais immédiatement un chèque ! Je prendrai une quatrième hypothèque, un nouveau crédit...

- Une hypthèque ? Un chèque ? Non mais, vous vous foutez de ma gueule !
- Ainsi que je vous l'ai déjà fait remarquer, tout mon capital este capté par ma Déesse, Sire, alors je n'ai point cette somme d'argent à vous donner en ce jour-même, tout lui appartient, mais comme je vous l'ai dit, rien ne m'interdit de souscrire une quatrième hypothèque, je pourrai ainsi vous rembourser à tempérament...
J'étais déjà levé quand il plongea parterre, m'attrapant par le bas du pantalon : « S'il vous plaît, doux Sire, ne partez point, cédez-moi la coupelle, car à moins que je ne la lui ramène, Maîtresse Ulla va me congédier ! Si vous la voyiez vous comprendriez !
Je me suis arraché de là, le 'money pig' encore à mes pieds.

Dehors il faisait un temps de cochon, Paris avait disparu sous un épais brouillard. Le sac Monoprix, tout froissé, serré contre mon ventre, je continuais d'avancer à l'aveuglette dans ce conte de fées qui commençait à devenir cauchemardesque, et suis rentré chez moi.

J'ai grimpé les quelques marches bordées de thuyas sans me retourner, redoutant à chaque pas d'être agressé par derrière, jusqu'à ce que me retrouve dans la sécurité relative de mon studio, dont la porte fermait mal.

J'ai de nouveau fait des recherches sur internet – par chance, la prestigieuse maison Roth-Ladurie's organisait une vente d'hebraïca le 12 décembre, encore ouverte aux consignations, jusqu'au lendemain dernier délai.

Au réveil, j'ai téléphoné au numéro indiqué, la standardiste a transféré mon appel à la responsable, une certaine Mademoiselle Clarstein, et nous avons convenu d'un rendez-vous pour l'après-midi.

Quatorze heures. Conduit par une hôtesse d'accueil dans un petit salon privé de leur luxueux hôtel particulier, j'étais assis en train d'extraire la coupelle de mon sac pourri pour ne pas faire trop mauvaise impression, quand j'eus le choc de ma vie – mon contact de chez Roth-Ladurie's était le portrait craché de Neva, mon premier amour !

La douce Neva, morte il y a juste dix ans. Elle était, comme ma Neva, une brune très blanche de peau, avec un sourire à fossettes, et des yeux noisette qui lui mangeaient le visage, le même visage, quasiment trait pour trait, la ressemblance était frappante. Ma Neva , elle était musulmane, tandis que son sosie portait autour du cou une étoile de David.
- Bonjour, je suis Eva Clarstein.
J'ai eu un nouveau choc - à une lettre près, son prénom également était le même ! La ressemblance physique, la quasi-homonymie, j'étais déjà amoureux.
- Euh...
- Je suis la responsable des objets de culte chez Roth-Ladurie's - - j'espère que je ne vous ai pas trop fait attendre, s'excusa-t-elle, posant un dossier sur la table en marbre.
- Pas du tout, j'ai répondu, me redressant -- je me suis mis debout pour lui serrer la main, et nous reçûmes, tous deux, une décharge électrique : oui, ce fût un authentique coup de foudre réciproque, confirmé par le tressaillement de ses lèvres, le

dilatement de ses pupilles et elle ne me lâchait pas la main en plus...

- Tenez, ma carte, fit-elle en m'en tendant une d'un ton réfrigérant lorsqu'elle déserra enfin sa poignée, puis « alors vous avez un objet pour la vente du douze décembre ? Excusez-moi, je n'ai pas beaucoup de temps, dit-elle en regardant sa montre -- vous arrivez un peu à la dernière minute, Monsieur ?...

- Chri-cri-cri-Christian Kra-kra-kra-Kravitz, babababonjour, je bégayai.

- Monsieur Kravitz, pour être franche avec vous, le catalogue part en impression demain en fin de matinée, et je ne vous reçois que parce que vous m'avez parlé d'une coupelle de circoncision ancienne ? Vous l'avez avec vous, l'objet ?

En moins d'une seconde, la coupelle sauta, presque seule, du sac Monoprix directement à côté de sa pile de papiers.

- Hmmm, l'étudia-t-elle sans y toucher. Mon Dieu,... Vous la tenez d'où votre coupelle, Monsieur Kravitz ?

- Je l'ai chinée aux Puces.

- Vous avez eu beaucoup de chance !

Elle sortit une tablette électronique de son sac à main.
- Monsieur, votre coupelle date au minimum du règne de Philippe le Bel, et précède en tout cas l'expulsion des juifs de France, en 1309. Mais il m'est avis qu'elle est bien plus ancienne encore. Si vous nous la confiez, elle fera la couverture du catalogue.
- Et vous l'estimez à combien ?
- Sans rien vous promettre, j'entrevois une fourchette entre 130 000 et 180 000 euros.

Ce qui ne faisait que entre trente mille à quatre-vingt mille de plus que ce que m'avait offert l'écossais. Je pouvais peut-être en obtenir encore mieux.
- Je vais réfléchir, si vous le permettez.
- Vous avez jusqu'à demain dix-huit heures, après quoi ce sera trop tard, par rapport aux délais de l'imprimeur. Echaudés par la décharge électrique, on s'est dit au-revoir sans se serrer la main, j'ai repris mon bien et je suis rentré chez moi sur un petit nuage rose - d'une coupelle deux coups.

Il n'y avait rien de serein dans mon attitude en sortant de là, parcourant à pied sans but les rues de la Capitale, faisant la révérence à la Salle Pleyel, batifolant aux Batignolles, chantant à tue-tête devant la Gaieté Lyrique. Tous les feux étaient simultanément passés au vert, et je me sentais en vie, connecté à l'univers. Cela faisait déjà quatre heures que je marchais comme ça, un sourire béat me barrant le visage, mon coeur ne battant suffisamment vite pour tenir le rythme effréné de mes émotions. C'était une juive comme moi en plus. Elle serait ma première juive.

3. une excroissance trompeuse

De retour à la maison, je ressentis un besoin urgent d'uriner - en baissant mon caleçon quelle ne fût pas ma surprise de voir, dépassant de l'extrémité de mon pénis, comme un morceau de peau, une rondelle molle d'à peine un demi millimètre ! - A tel point que j'en ai oublié de viser la cuvette, aspergeant de liquide orange les tommettes octogonales ocres. J'ai immédiatement craint une maladie vénérienne - je n'avais pourtant eu que des rapports sexuels protégés avec Sophie, Eglantine, Fatima, Sandrine, Matoufata et Alicia... Direct le site des pages jaunes pour aller voir le premier spécialiste urologue, même nonconventionné, même à n'importe quel tarif.

Sur le mur de son bureau, avec un nom pareil, je fus étonné de voir, à côté de ses diplômes, une image de Jésus encadrée. Le docteur Moshe Levy-Cohen, urologue des Pages Jaunes, n'avait jamais vu cela en trente ans de carrière.
- Elle est bizarre, votre restauration du prépuce, Monsieur. Elle fait très, hmmmm, très naturelle. Je dis bravo. Et pour que moi je vous dise bravo, c'est que votre début de restauration est vraiment parfait. J'ai beaucoup de patients qui aimeraient en être au même point que vous avec leur restauration. Vous utilisez quelle méthode, la japonaise ou maori ?
- De quoi vous parlez, docteur, vous voyez bien que j'ai un espèce de champignon !
- Non, la peau est tout à fait saine, et vous n'avez pas mal - - c'est la seule explication - - vous avez effectué une restauration de prépuce, et comme j'ai une mezuzah à l'entrée du cabinet, vous avez honte de me l'avouer, mais je

ne vais pas vous juger, vous savez, je suis médecin.
- Je vous promets sur ce que j'ai de plus cher que je n'ai rien fait de la sorte, me suis-je défendu.
- Si si rétorqua-t-il, sûr de lui -- j'ai déjà vu ça -- vous avez fait un cross-taping, dont le principe consiste à pousser le gland vers l'arrière et à faire remonter de la peau autour, en la maintenant avec du sparadrap.
- J'ai l'impression que vous ne m'écoutez pas, docteur – je vous le jure, la restauration du prépuce, c'est la première fois de ma vie que j'en entends parler.
- Ce sont vos premiers jours de cross-taping et vous paniquez de ne pas parvenir à recouvrir tout votre gland de peau -- ne vous inquiétez pas, au début c'est normal. Vous êtes tombé au bon endroit, je suis un peu spécialisé dans le cross-taping, l'on peut dire. Les gens, avec internet, ils ont l'impression de tout pouvoir faire tout seuls, et ensuite on court voir le médecin à la moindre anomalie, n'est-ce pas ?

C'était comme si je parlais à un mur, il ne me croyait toujours pas - - - je dus insister longuement pour qu'il consente à me prescrire un bilan sanguin et MST complet, plus une pommade antifongique antiseptique.

Le lendemain-même de la consultation, j'avais passé les dépistages prescrits à l'arrachée, VIH, syphilis, herpès, mais aussi mycoplasmes uro-génitaux, chlamydia, staphylocoques dorés - tous se révélèrent négatifs, et selon l'analyse du laboratoire, j'avais la moyenne en nombre de leucocytes, d'hémocytes et du reste. Le traitement antifongique n'avait donné aucun résultat, au contraire, la petite circonférence de peau grandissait encore, quasi-imperceptiblement, mais quand même...

Quand je suis retourné le voir, le docteur Lévy-Cohen, après qu'il ait minutieusement ausculté mon appendice qui s'était de nouveau allonge, sembla enfin commencer a me croire.
- Réjouissez-vous, que Dieu vous accorde de bonnes et longues années, car ce que prenez pour une maladie est peut-être une bénédiction, Monsieur Kravitz! Cette petite peau qui vous

pousse, si c'est vrai, et le fait que de tous les médecins de Paris vous soyez venu me consulter moi, ici dans mon cabinet, est une réalité de laquelle je ne puis me détourner. Maintenant je dois mener une enquête pour voir si vous en êtes digne. Allez voir le rabbin Choukroune de ma part, me dit-il en inscrivant une adresse sur un menu de pizza a emporter.
Ne sachant plus trop à quel saint me vouer je me suis dit pourquoi pas.

De ma vie entière j'avais du entrer deux fois, au plus, dans une synagogue, bien que me sentant d'appartenance juive, une appartenance davantage définie par l'holocauste que par un esprit de communauté, étant donné que je n'avais pas un seul ami juif, et que cette culture, comme cette religion, ne me furent pas transmises par mes parents.

La synagogue du rabbin recommandé par Levy-Cohen n'était qu'à quelques pâtés de maison de chez moi.
En contraste avec sa haute voûte austère au vitrail mortifère, représentant bizarrement la resurrection du Christ -- peut-être qu'antan l'établissement fut

chrétien -- il y avait dans l'entrée de ce petit édifice deux affichettes : l'une de la rétrospective du dessinateur humoristique Gotlib au musée de l'histoire juive , et l'autre pour le concert au centre cultuel d'un chanteur folk israélien que je ne connaissais ni Adam, ni d'Eve. Un jeune en panoplie orthodoxe complète m'indiqua le bureau du rabbin, et je slalomai entre les kippahs, qui montaient et descendaient en rythmes décalés synchronisés, comme les pistons d'un moteur, jusqu'à un escalier en colimaçon. Sur la porte entrebâillée il y avait une pub pour une marque de falafels, avec l'image d'un falafel dégoulinant, un logo en hébreux et le titre « peace & love & falafels ». Je frappai.

- Entre, me tutoya le religieux, de derrière des lunettes rondes à verres fuchsia, et un bandeau à la Jimi Hendrix dans ses cheveux crépus. « Je t'attendais. Lévy-Cohen m'a dit de t'assister, et en t'aidant peut-être trouverons nous la vérité. Nous devons procéder par déduction. On s'est déjà fait avoir plusieurs fois, c'est pour ça qu'on ne met plus la charrue avant les boeufs, maintenant on vérifie tout avant de se prononcer. Mais crois-moi mon gars, je suis dans ton camp à cent pour cent.

Assis derrière une pile de gros livres, quand il se mit debout je vis à quel point il était court sur pattes, et vêtu de manière extravagante - - total look seventies avec chemise à col extra-large, imprimé de motifs floraux, en dessous d'une veste a paillettes, jeans à pattes d'eph, boots à plateforme - - même sa kippah était ornée d'un mandala hindou. En me remuant énergiquement la main, ses bracelets à clous et colliers à billes tintèrent.
- Je suis le rabbin Norbert Choukroune, c'est un honneur pour moi de t'aider à résoudre ton mystère, mon gars, fit-il en allumant un gros joint. « Tu veux une taffe ?
- Non merci, sans façons.
- Frère Lévy-Cohen m'a déjà tout expliqué, mais j'aimerais le réentendre de ta bouche.
Pendant qu'il tirait comme veau-qui-tête sur son pétard, je lui décrivis succinctement l'affliction dont je souffrais et mes démarches pour y remédier - - il m'écouta en se caressant

la barbe, le sourcil en angle droit, à la manière d'un psychanalyste, ponctuant chacune de mes phrases d'une interjection d'acquiescement.

Puis, pendant une dizaine de minutes, il garda silence, regardant alternativement le ciel par la fenêtre et le grimoire devant lui, qu'il feuilletait pensivement, avant de le refermer dans un cataclysme de poussière.

C'est surnaturel ce qu'il t'arrive, mec - - ça me laisse perplexe, et je me demande un peu si tu te fous de ma gueule, mais si le Docteur Levy-Cohen t'envoie a moi c'est qu'il pense que tu dis vrai. La circoncision pour toi, ça représente quoi ?

- Ben... C'est pour prouver qu'on est juif, non ? je répondis bêtement.

- La circoncision, mon ami, rappelle l'alliance promise par Dieu à Abraham, et après lui à tout le peuple d'Israël, tu piges ?

- Euh...

- La circoncision c'est un pacte gravé dans ta chair - - une mitzvah - - un commandement... le signe de ton alliance infaillible avec le Tout Puissant... de ta condamnation à perpétuité à respecter le culte... de ta conviction intrinsèque de faire partie des élus... de ta fidélité à toute épreuve à ton peuple... de ton engagement à partager ses souffrances comme ses victoires... pour les générations des générations, et ce jusqu'à la fin des temps... Le fait que ton prépuce repousse spontanément et sans explication plausible pourrait inciter à penser que ton désordre est peut-être d'ordre divin, y avais-tu songé ?

Encore une longue pause silencieuse, puis me demande de baisser mon pantalon, et inspecta mon entre-jambes comme si dépêché par la police scientifique pour résoudre un crime sexuel - - j'étais en train de me transformer en monstre de foire érotique.
- Dis, mec, tu as fait ta bar mitzvah ou pas ?
J'ai piteusement bougé la tête de gauche à droite. « Tu fais le shabbat ? Hanukkah ? Pessa'h ? Kippour et le reste, ou bien rien de tout ça ? »
- Kippour, oui, je répondis, en baissant d'autant plus les yeux que si je jeûnais le jour du Grand Pardon, ce n'était pas tant par solidarité avec le peuple juif

que pour perdre un peu de poids -
quatre-vingts grammes environ,
décuplés dès la reprise de
l'alimentation.
- Peut-être que ton blème vient de ton
déficit de judéité, et de ton regret de ne
pas être chrétien, sur le plan
subconscient, mec. Ton corps fait peut-
être une réaction psycho-somatique.
- Quoi ? Vous pensez ?
- Ben, c'est pas impossible, mon petit
pote. Je dois prendre en consideration
toutes les hypothèses avant de te
certifier. On ne va te déclarer nouveau
messie à la légère hahaha.

- Etant donne qu'il avait prononce la
phrase précédente sur le ton de la
plaisanterie, je pensais que c'en était
une.

Ensuite il me posa une question qui me
fit dresser les cheveux sur la tête :
- Il y a une autre possibilité - - es-tu
récemment entré en contact avec
quelque chose d'inhabituel, qui serait
en rapport avec le judaïsme ?
J'en ai eu le souffle coupé et me mis à
transpirer du front, dus ôter ma veste - -

incapable de répondre autre chose que
« J'ai acheté une coupelle de
circoncision », et je lui ai montré, sans
la commenter, la première photo de la
coupelle, sur l'écran de mon mobile.
Alors que je faisais défiler les photos
suivantes, il m'arrêta net sur le gros
plan du poinçon, qu'il scruta
longuement.
- Aha, ça change tout ! C'est
incroyable ! J'ai un truc à te montrer,
moi aussi, mec ! J'ai lu un papier là-
dessus sur un blog récemment.
Il alluma son portable décoré d'un
sticker Woodstock et et dune croix, et
lança une recherche sur internet.
- Coupelle – coppola - le creuset de
l'alchimiste se dit-il à lui-même.
Il me fit lire un post dans le forum d'un
site conspirationniste appelé «Encore
eux».

C'était titré : «Des objets sacrés
chrétiens réclamés par Israël !»
"La communauté juive mondiale, par
l'intermédiaire de l'Etat d'Israël, exige
du Vatican la restitution immédiate
d'objets éminemment sacrés
appartenant au peuple d'Israël - des
ustensiles de la synagogue de

Bethlehem, dérobés sous le règne l'empereur Tibère et réputés avoir été en usage pendant la vie du Christ. Ces objets, selon le mythe, possèderaient des pouvoirs surnaturels."

Il y avait plusieurs photos illustrant ce compte-rendu, cinq clichés anciens en noir et blanc : la première, très floue, d'une coupelle pouvant ressembler à la mienne, la seconde d'un poinçon d'étoile de David, avec trois pointes érodées, tout comme celui de ma coupelle ! De nouveau un frisson glacial me remonta, comme une fusée froide, le long de la colonne vertébrale. La cinq photos étaient collectivement légendées « Objets liturgiques hébreux de la synagogue de Nazareth de l'époque de Jésus Christ ». Je refusais d'y croire. Ma la coupelle pouvait-elle être celle de Jésus Christ ? Non, ça ne le pouvait pas. Ou bien si ? Je relus la phrase terminant l'article : « Ces objets, selon le mythe, possèderaient des pouvoirs surnaturels ». Me souvenant, dans une fulgurance, avoir bu le champagne dans la coupelle de circoncision, lorsque nous avions célébré ma trouvaille avec les autres commerçants des Puces - -

ainsi que du picotement étrange qui m'avait parcouru l'échine en posant les lèvres dessus - -, je me suis demandé pour la première fois si j'avais été envoûté par l'objet.
- J'ai bu dedans, j'informai le rabbin.
- Tu as quoi ?
- J'ai bu du champagne dans la coupelle.
- Putain. Tu me charries là.
- J'ai bu du champagne dans la coupelle, je répétai mécaniquement, noyé dans ma peur.
- Mon p'tit gars, de nombreux manuscrits hébraïques anciens affirment que les ustensiles rabbiniques de la synagogue de Nazareth n'ont pas tous été emportés par les romains après sa destruction, raconta le baba, « Certains ont été disséminés de par le monde, d'autres encore ont été retrouvés au cours des fouilles en Terre Sainte, d'autres sont supposément conservés depuis la naissance du Christianisme dans les sous-sols du Vatican, comme le dit ce blog... Rien de tout cela n'a jamais été confirmé, les blogs de ce genre sont réputés utiliser des sources non-fiables - - si toutefois c'est vrai, si ta coupelle a servi à

circoncire le Christ, et si, camarade, si, comme je le pense, elle a circulé pendant deux mille ans avant de t'échoir, ce qui reste à prouver, tu dois envisager la possibilité qu'elle t'était destinée. »
- Pourquoi le prépuce qui repousse alors ?
- Ben ça pourrait symboliser la naissance de ton Christianisme, non ?

Et si elle provenait vraiment de la synagogue de Jésus, ma coupelle, si c'était vraiment la coupelle de circoncision de Jésus, ça pouvait valoir beaucoup plus que 80 000 euros...
J'attrapai ma veste sur le dossier et mon sac Monoprix parterre. Alors que je passais la porte, il se mit sur la pointe des pieds pour me retenir par le bras : «Selon moi, tu dois accepter a la fois ta judéité et ta chrétienté, mec.
- Je ne comprends pas.
- Eh ben il va te falloir embrasser sans réserve la foi d'Israël et ta véritable identité juive, mon petit pote. Et en même temps tu dois accepter que ton prepuce qui repousse est peut-être le signe de ton désir d'amour du Christ.

- Vous êtes rabbin et vous me parlez d'amour du Christ?
- Si vous êtes confirmé, vous comprendrez le moment venu.

Je secouai l'avant-bras afin de m'en libérer – pour l'instant, ma priorité absolue était de devenir riche grâce à ma coupelle, et très secondairement seulement de retrouver mon pénis tel que je l'avais toujours connu. En repassant devant les jeunes juifs orthodoxes qui priaient, je remarquai que l'un d'eux portait la croix en pendentif.

4. L'amour contrarié

Curieux de voir si le prépuce avait poursuivi sa croissance, je fis halte dans un WC automatique Decaux - - et fus horrifié par ce qui est sorti de mon caleçon - - l'embout de mon engin avait l'aspect d'une micro-trompe pendouillante et humide...
Tandis que, caleçon aux genoux, j'évaluais la situation, mon téléphone sonna - - un numéro non-reconnu.
- Bonjour, excusez-moi de vous déranger, Monsieur Kravitz ? Eva Clarstein de chez Roth-Ladurie's à l'appareil.
Le mobile faillit me glisser des mains et chuter dans la cuvette.
- Mademoiselle Clarstein, ça me fait plaisir de vous entendre.

- J'aimerais finaliser le contrat de mise aux enchères de votre coupelle, Monsieur Kravitz, voulez-vous que nous dinions ensemble ce soir, pour en discuter ?
- Euh... Oui, bien-sûr, je répondis, mouillant distraitement de mon jet âcre le mur derrière le siège ; « bien-sûr ! »
Nous nous sommes fixé rendez-vous au kiosque à journaux du Drugstore Publicis près de l'Arc de Triomphe. Tout autant que la veille, son apparition me mit dans tous mes états :
- L'Entrecôte, cela vous convient ?
- Il ne risque pas d'y avoir trop de queue ?
- On verra bien.
Comme toujours, la file faisait la moitié du pâté d'immeubles, et je me suis trouvé idiot, mais, dès que nous fûmes dissimulés par les Norvégiens de devant et les Allemands de derrière, sans prévenir, Eva m'embrassa sur les lèvres.
A table, nous avons pillé un Château, tandis qu'elle me racontait son enfance ensoleillée sur les hauteurs de Nice, sa montée à Paris, ses années d'études pour décrocher le concours de commissaire-priseur, l'opportunité que

représentait pour elle son poste chez Roth-Ladurie's.

Elle me dit également qu'elle ne sortait qu'avec des juifs pratiquants, et lorsque je lui ai avoué que je ne l'étais pas, elle m'a dit que ce n'était pas si difficile de commencer à manger cacher, à respecter le shabbat, à fréquenter la communauté, à apprendre à lire l'hébreu et les bénédictions de base, à trouver un rabbin-tuteur...
- J'en ai un, je répondis fièrement, en pensant au rabbin-baba.
- Au moins ça, sembla-t-elle se désoler.
Essayait-elle de me faire passer un message ? Elle était si bavarde que ce fût moi qui ai dû insister pour signer l'accord de mise aux enchères pré-rempli qu'elle avait emporté dans son sac.
Après le dessert, elle m'invita à boire un dernier verre chez elle, avenue Mac Mahon, juste là, en haut des Champs-Elysées.

Nous remontâmes la pas plus belle avenue du monde, la main dans la main, en silence...

Immeuble cossu, appartement somptueux avec vue sur la perspective de l'Etoile, et au mur une copie de la sérigraphie d'Andy Warhol avec les trois Elvis - elle se vanta qu'un original de la même lithographie venait en novembre d'être adjugé par Roth-Ladurie's New York pour près de 67 millions de dollars. Sans plus attendre, nos salives se mélangèrent, puis je la déshabillai comme on taille un bonsaï, tandis qu'elle déboutonna ma chemise, puis mon jean avec la sensualité d'une moissonneuse-batteuse...
- Fais moi voir ta tige de jade mon cheri, me surprit-elle avec une libido à fleur de peau.

Oups ! Tout ce vin m'avait fait oublier mon petit souci génital - - j'essayai de la freiner dans son élan, mais c'était déjà trop tard, la fente de mon caleçon laissait la voie libre à la bête qui s'est immiscée dans ma vie – Eva pousse un cri strident d'effroi !
- Mon Dieu, tu n'es pas circoncis ! C'est le cauchemar ! Tu m'as bien eue, espèce de salaud !
- Attends, je vais t'expliquer...

Elle refusait le dialogue -- aussi rapidement qu'elle s'était entichée de moi, en voyant mon prépuce Eva me rejeta – lequel, cela dit en passant, avait encore pris un bon millimètre et quart -- elle s'en dégagea, hystérique.
- Tu m'as laissé croire que tu étais feuj alors que tu es goy – quelle conne je suis – va-t-en tout de suite ou j'appelle la Ligue de Défense Juive !
- Je te jure que je suis juif, je suis circoncis, c'est la coupelle qui m'a fait ça. Si mes parents étaient vivants, ils te le diraient ! Je suis juif ! Je te le jure !
- Et en plus tu oses encore me prendre pour une truffe, me poussa-t-elle vers la sortie, en ramassant mes affaires de sa main libre.
- Je sais que c'est difficile à croire, mais cette coupelle m'a jeté un sort, une malédiction vois-tu, ce prépuce n'est pas le mien...
La porte venait de ma claquer au nez. Elle se rouvrit aussitôt, me donnant de faux espoirs :
- Eva, je te jure que je suis juif ! Tu n'as qu'à téléphoner à ma tante et elle...
Me vouvoyant sèchement, elle ne me laissa pas le temps de finir ma phrase :

- On se reverra le jour de la vente, à part cela n'essayez pas de me recontacter.

Anéanti, j'étais ; par la faute de ce maudit prépuce, je venais de perdre la femme de ma vie. Je commençais à le haïr plus que tout - - et je trouvais ça d'une laideur en plus ! Comment ils faisaient pour vivre avec ça les non-circoncis ? Je me suis rassuré avec la pensée que, grâce à mon précieux, j'allais bientôt devenir le Bill Gates des coupelles de circoncision.

Cette nuit-là, dans mon déprimant et horriblement peu lumineux studio rez-de-chaussée qui était tout aussi mal-rangé et encombré de bric-à-brac enfantin enchevêtré que mon stand, davantage peut-être, j'ai écrit à la belle Eva un long e-mail détaillant les événements m'ayant acculé dans la présente impasse – en me relisant, j'ai décidé de ne pas lui envoyer, parce qu'elle se dirait, au-delà de la soi-disant imposture, que j'étais bon à enfermer - - je l'ai quand même imprimé, au cas où. En désespoir de cause, sans y croire vraiment, j'ai tenté un maladroit cross-taping, à l'envers - - c'est à dire que j'ai recherché « restauration du prépuce » sur Youtube et suivi les instructions, à la lettre, mais en les inversant.

Je me suis forcé à toucher - beurk - à l'immonde petit tube charnu, afin d'en replier la peau qui dépassait, en la tirant vers la base de ma tige de jade. L'ourlet ainsi obtenu, je l'ai scotché là, de manière à ce qu'il ne bouge plus, en espérant que cela tienne.

Mais Eva hantait mes pensées, et à la première érection tout sauta, comme un ressort trop tendu – aucune douleur à signaler, comme si mes terminaisons nerveuses n'étaient pas connectées à l'appendice. Ne parvenant pas à me rendormir, je me tapotais, jambes écartées, le prépuce avec un bic, comme on le ferait avec un serpent, pour voir s'il réagit.

Qu'est-ce que j'allais bien pouvoir imaginer maintenant pour guérir de cette saloperie ? Dans tout Google, je n'ai rencontré occurence d'une repousse spontanée de prépuce sectionné à la naissance.

Je me souvins de ce qu'avait marmonné le rabbin : coupelle –

coppola - le creuset de l'alchimiste...
Hmmm coupelle – coppola - le creuset de l'alchimiste... L'alchimie était peut-être une nouvelle piste à explorer. J'ai cherché « alchimistes paris » sur internet, mais n'y ai trouvé que « les alchimistes », un restaurant traditionnel français. Alors j'ai essayé au singulier « alchimie paris » et « alchimie ile de france » sans davantage de succès -- il y avait bien des tas de références et d'articles, mais aucun prestataire de service ne semblait être répertorié sous cette appellation exacte. Je finis par surfer jusqu'aux coordonnées d'une certaine Association Nationale du Grand Oeuvre – Le Grand Oeuvre, autre nom de l'alchimie - dans le 12e arrondissement. Le numéro de téléphone indiqué ne répondant pas, je décidai de m'y rendre.
Juste avant de partir pour la boutique d'alchimie, l'on frappa à ma porte...
Les coups sur la porte étaient insistants.
- C'est qui ? je demandai finalement, fixant la porte en composite blanc sans judas, comme si je pouvais voir à travers.

- C'est moi, Sire, votre serviteur – aïe ! - le Baron de Lourre-Poitrin.
Il fallait absolument que je pense à me mettre sur liste rouge, ai-je pensé, avant d'entrouvrir pour lui hurler dessus :
- Je vous ai déjà dit de me laisser tranquille, espèce de pauvre malade ! C'est là que je m'aperçus que le Baron était tenu en laisse par une dame âgée tout en latex noir !
- Sire Kravitz, je vous présente Déesse Ulla, et la bonne nouvelle c'est qu'elle est disposée à considérer votre candidature !
J'avais du mal à en croire mes yeux, sa « Déesse Ulla » c'était une antiquité dont on ne voudrait même pas aux Puces. Sous un chignon de cheveux platine, elle était tirée à quatre épingles, le visage je veux dire, la peau tendue à en avoir les os du crâne apparents, comme un vieux fauteuil en cuir, laissé longtemps dehors et dont émergerait la structure interne. Perchée sur des talons-aiguilles du haut de ses soixante-quinze ans minimum, elle se maintenait difficilement en équilibre, et sa robe-fourreau noire accentuait sa maigreur cadavérique :

- Souhaitez-vous devenir mon chien ? demanda la retraitée sur pilotis, me laissant bouche bée. Je parvins à lui répondre avec le respect dû à son âge :
- Non, merci beaucoup Madame, mais je ne suis pas intéressé.
Puis, sans perdre une seconde de plus avec ces cas cliniques, j'ai refermé la porte, non sans auparavant avoir vu la vieille donner une claque sévère en travers du visage du Baron. Je les entendais encore de l'autre côté de la porte :
- Espèce de sale excrément puant, s'énerva le chef d'oeuvre en péril, « tu oses m'entraîner chez ce plouc ? »
- AIE MAITRESSE NON OUILLE !
- Tu es indigne de me donner tout ton argent. Indigne !
- NON PITIE DEESSE ULLA AIE OUILLE AIE !
Je me suis assuré qu'ils étaient bien partis avant de mettre à exécution mon plan initial, un déplacement à l'association d'alchimie que j'avais repérée sur Google, et où je trouverai peut-être quelques réponses.

5. L'alchimiste putréfiante

C'était une boutique d'apparence extérieure ordinaire, dans une petite rue perpendiculaire au port de plaisance de la Bastille -- sauf que la vitrine est décorée de photocopies couleur de représentations ésotériques légendées :
le compas qui indique le chemin de la lumière
l'hermaphrodite qui équilibre le masculin-féminin
le pélican qui accumule les savoirs
la vipère qui se mord la queue
l'étoile flamboyante qui ne s'éteint jamais
etc.

Au tintement de la clochette, une bossue, furonclée du nez, aux cheveux

blancs ébouriffés, à peine visible debout
derrière un alambic de cuivre, d'emblée
me cria dessus :
- Etes-vous alchimiste, mon garçon ?
C'est une association pour les
alchimistes ici !
- Pas du tout, Madame, je ne suis pas
alchimiste, mais par contre je cherche
un alchimiste par rapport à un problème
qui me préoccupe.
- Alors, vous n'avez rien à faire ici. Nous
sommes au service des alchimistes,
exclusivement, et non pas pour
satisfaire la curiosité des passants !
- J'ai besoin d'aide.
- Ne me dites pas que vous voulez
changer le plomb en or, comme tous les
autres petits rigolos qui passent ici.
- C'est délicat à dire - - voilà, j'ai en ma
possession une coupelle très ancienne
qui a, euh, comment l'expliquer... eh
bien, voyez-vous, elle a des effets
indésirables sur mon quotidien.
- Aaaaah ? fit-elle, intriguée, en se
levant pour contourner l'alambic ventru
en cuivre au centre du local. Sa longue
robe noire à cape était rehaussée des
silhouettes dorées d'une licorne et
d'une comète. « Quel genre d'effets

indésirables et quel genre de coupelle, mon garçon ? » m'interrogea-t-elle.
Je choisis de répondre d'abord à la seconde question.
- Il s agit donc d'une très ancienne coupelle de circoncision hébraïque...
- Je n'y connais pas grand chose à la religion juive. Mais c'est quoi le problème du garçon, exactement ?

Je lui ai raconté l'histoire de la coupelle et du prépuce par le détail.
- Je sais que c'est difficile à croire - - je me demande moi-même si je ne vais pas me réveiller de cet affreux cauchemar, me suis-je plaint de mon sort, omettant de lui révéler l'aspect positif des choses – le pactole que la coupelle allait me rapporter.

Sans parler, elle me conduisit de l'autre côté de l'alambic en cuivre, où, au-dessus un bureau fouillis à l'extrême, se trouvait une bibliothèque croulante de livres, d'abécédaires, de recueils, de grimoires, de recettes alchimiques, de rouleaux pré-hellénistes noircis de dessins, de papyrus pré-égyptiens.

- C'est passionnant, mon garçon, votre histoire de prépuce. Vous l'avez avec vous, cette méchante coupelle ?

Je sortis l'objet de son éternel sac Monoprix - ainsi suspendue entre mon pouce et mon index, elle projetait la lumière pénétrant par la vitrine comme une boule-miroir.

- Il y a un texte sur la coupelle, on me l'a déjà traduit.
- Le texte n'a aucune importance, mon garçon, il faut vous purifier, affirma-t-elle, très sûre de son diagnostic.
- Ah bon, vous pensez ?

Sans répondre, elle sélectionna un ouvrage, balaya son bureau d'un coup de manche, fit défiler les feuilles jaunies, afin d'y étaler une double-page à plat.

- J'ai peut-être quelque chose pour vous.

Elle me montra un gros titre à enluminures :

QUINTESSENCE ATTRACTIVE
POUR ATTIRER LES CORPS
ETRANGERS
HORS D'UNE PLAIE

- Mais Madame, ce n'est pas une plaie que j'ai entre les jambes !
- Il s'agit toutefois bien d'un corps étranger, n'est-ce pas ?
- Et comment comptez-vous procéder ?
- Comment ? Ha ! Comme toujours !
La sorcière-alchimiste ouvrit théâtralement un placard rempli de fioles, de jarres, de pots de de pétales, de fleurs, d'herbes, de minéraux, d'essences, d'extraits, d'huiles, de tisanes et des condiments Knorr, pour ce que j'en savais. Elle se mit à jongler avec tous ces ingrédients comme un chef étoilé, en fredonnant sur l'air de la scène du gâteau dans le Peau d'Ane de Jacques Demy :
- je vais réduire
je vais réduire en poudre
en poudre très fine
de la pierre d'aimant de lune
d'aimant de lune
et marjolaine grise
souffre de pétrole
et pétales flétrie
acide sulphur
acide sulfurique...
- Quoi ?! Il y a de l'acide sulfurique dans votre truc ? Et ça va me guérir ça vous pensez, Madame ?

- Il n'y a pas de Contrat Darty, mais c'est ce que j'ai de mieux à vous proposer, mon garçon.

J'ai réfléchi.
C'était tout réfléchi, je devais coûte-que-coûte récupérer ma circoncision pour regagner Eva.
- Bon, ok, banco, on y va, -- comment ça va se dérouler exactement ?
Elle consulta sa fiche-recette :
- C'est simple : je vais d'abord bien chauffer ce mélange pour que la matière se réduise en cendre sèche et rouge - - ensuite, je vais l'appliquer sur votre prépuce pour qu'il se putréfie...

Il y a eu un blanc.

- Je vous demande pardon ?
- La putréfaction est une chose magique, mon garçon. La Nature détruit les corps par la putréfaction, et les reconstitue ensuite. Les corps matériels ne peuvent être produits et détruits sans la putréfaction. La putréfaction, c'est ce qui sépare le pur de l'impur. Nous devons d'abord putréfier votre prépuce, pour ensuite pouvoir régénérer votre sexe circoncis.

Nous devons laisser pourrir votre prépuce jusqu'à ce qu'il se gangrène et se décompose, pour que votre état naturel réapparaisse enfin...

Alors qu'elle finissait sa phrase, je franchissais déjà la porte tintante de sa boutique dans l'autre sens - - cette folle voulait me putréfier le sexe - - et pourquoi pas carrément m'émasculer, pour que ça reparte de la racine !

Et pendant ce temps, la femme de ma vie était peut-être en train de rencontrer quelqu'un d'autre, un beau juif circoncis de bonne famille...

Désespéré, je suis humblement retourné à la synagogue du baba-rabbin, et, pour la première fois de ma vie, à genoux, la kippah vissée sur la tête, j'ai invoqué Dieu. Pendant deux heures j'ai prié et lui ai imploré de me montrer la voie, de me donner la foi, de me pardonner pour mes fautes...
Rien.
Alors, le moral à zéro, je suis rentré chez moi.
Tandis que la clé tournait dans la serrure grippée de la porte de mon

studio, le téléphone fixe se mit a sonner, six sonneries, huit sonneries, je réussis à décrocher à temps -- c'était la voix d'Eva ! Glaciale :
- Bonsoir Monsieur Kravitz, j'ai fait une recherche approfondie sur votre coupelle et mon équipe et moi nous pensons qu'elle est plus ancienne que nous l'avions cru -- peut-être du 1e siècle... même si les deux personnages y ont été gravés dix siècles plus tard – ne vous excitez pas, mais il est possible qu'il s'agisse de la coupelle dans laquelle le Christ a été circoncis et elle est désormais estimée entre huit cents trente et huit cents soixante mille euros, alors je vous appelle juste pour vous informer que si vous souhaitez qu'elle soit intégrée à la vente du 12 décembre avec une réserve de deux cents vingt mille euros, vous devez absolument passer chez Roth-Ladurie's lundi matin signer l'accord définitif avec un prix de réserve plus élevé qu'initialement prévu.
Bien-entendu heureux de la nouvelle estimation revue à la hausse de mon bien, mais juste heureux d'entendre Eva, j'ai soufflé amoureusement au récepteur :

- Oui, OK, onze heures, ça te va, euh, cela vous va ?
- Oui, cela me convient.
Silence.
- Ecoute, Eva, je voulais t'expliquer...
- Non, toi écoute, Christian -- je ne sais pas pourquoi - - j'ai voulu tirer un trait sur notre rencontre parce que je ne supporte pas qu'on me mente, mais je n'y parviens pas.
- Je ne t'ai pas menti, Neva, euh, Eva... C'est un malentendu...
- Je n'y arrive pas, alors pour toi je vais faire une exception et sortir avec un Chrétien.
Je me suis retenu de nier à nouveau -- qu'est-ce qu'on s'en fiche qu'elle me prenne pour un Chrétien!

C'était donc confirmé, la coupelle de circoncision du Christ, rien que ça. J'allais bientôt être riche ! Je n'ai pas fermé l'oeil de la nuit, fantasmant sur tout ce que je pourrais me payer avec le magot de la vente.

Au petit matin, un autre coup de fil, en numéro privé.

- C'est Martine, la dame que vous avez vu à L'Association de Grand-Oeuvre, mon garçon.

Seigneur ! L'affreuse sorcière!
- Comment avez-vous eu mon numéro?

Cela n'a pas d'importance. Ce qui est important c'est de vous guérir. Alors j'ai travaillé pour vous. C'est en train de bouillonner là, ce sera prêt dans la nuit. A quelle heure je passe chez vous pour le rituel de putréfaction ?
Je lui ai raccroché au nez.
Elle rappela :
- Mon garçon, écoutez-moi avant que ce ne soit trop tard. Pour vous, j'ai tout dosé et formulé précisément comme indiqué dans le livre. Et vous ne me devrez rien...
De nouveau j'ai raccroché et cette fois elle ne rappela pas.

6. **L'abus de Rom**

Ma situation se dégrada soudain quand le samedi matin, à mon arrivée aux Puces, bloquant l'accès à mon stand, habillé en maquereau, poireautait, visiblement énervé, le rom hyper-baraqué qui m'avait vendu la coupelle ! Il était accompagné d'une dizaine de ses hommes. Que me voulait ce bandit, et que savait-il de la valeur de la coupelle ? L'air de rien, je me suis faufilé entre eux, déverrouillé la serrure et commencé à sortir quelques cartons sous le regard des tziganes, avec l'idée que cela me laisserait juste assez de place pour entrer dans la boutique et me barricader à l'intérieur - - Mais ils ne m'en laissèrent pas le temps : la porte à

peine entrebâillée, le chef rom y entra, ses amis empêchant toute fuite.
- Toi beau magasin, toi faire jouets, et toi faire art aussi, magnifique, magnifique...
- Oui, je répondis.
- C'est quoi « Art » me demanda-t-il.
- Quoi ?
- C'est quoi « Art » ? ordonna-t-il, cette fois.
- Comment ca ? Eh bien, vous voyez ce tableau au mur, c'est de l'art. Ceux-là dans la pile, là, c'est de l'art aussi.
Soudain, il se fit plus menaçant.
- Non, toi juif dire moi Art c'est quoi !
- Euh, eh bien, l'art, euh, c'est quelque chose qui éveille en nous le sentiment du beau, comme une sculpture, ou une peinture, ou un morceau de musique ou comme...
- Comme coupe juif moi vendre toi 28 euros !
- Euh, oui, on peut le dire, c'est un peu comme ça, oui.
Apparaissent dans sa main un billet de vingt et huit pièces de un.
- Argent pour toi, juif, alors toi rendre moi coupe à moi. Autres Monsieur dire à moi coupe valoir argent beaucoup-beaucoup. Toi voler Guyekevek.

Maintenant toi donner coupe à
Guyekevek !

Non mais quel imbécile j'avais été de
célébrer ma trouvaille avec les autres
marchands, c'était sans doute à cause
de cela que la nouvelle était parvenue
jusqu'au marché-aux-voleurs. Lui céder
la coupelle ? Il n'en était pas question !
- Moi chercher coupe pour toi, j'ai menti
dans son français à lui, alors qu'en fait
je l'avais avec moi, dans mon sac
Monop', auquel personne ne faisait
attention.

Je mis suffisamment de cartons dehors
pour pouvoir me frayer un passage
jusqu'au fond du magasin, où j'ouvris
mon petit coffre afin d'y ranger mon
trésor dans son sac en plastique,
imperméable aux conséquences.

En revenant à la porte les mains vides,
je me suis demandé à quelle sauce
tartare j'allais être mangé, quand arriva
la cavalerie musulmane :
- Hé fréro, ils te font des misères les
romanichelles, ou bien ?!
Envoyé par le ciel, c'était un voisin
commerçant, rappeur-vendeur de t-

shirts de son état, nom de scène Abdul Lefric - - il se tenait là avec une attroupement de jeunes de la cité. La « musique » d'Abdul, éjectée à plein volume toute la sainte journée, était difficilement écoutable – avec des titres du genre « Baise les Gauloises » ou « J'ai un harem de Françaouis » et des paroles du genre : « Coupe-lui la tête, fais-le ! »... Bref, cela n'était pas ma tasse de thé. Leurs t-shirts d'ailleurs étaient de la même veine, avec en grosses lettres dorées : « Ta Mère la Pute des Maghrébins », « Ta chérie suce Muslim »... Abrégeons ! Ils avaient, tous autant qu'il étaient, des têtes de tueurs récidivistes, et attiraient devant chez eux, le samedi-dimanche, des attroupements d'adolescents pas piqués des roses, eux non plus. Pour rajouter de la harissa à la semoule, ils faisaient fièrement flotter le drapeau algérien, scotché à un poteau électrique... Inutile de préciser qu'ils me faisaient peur à mourir !
D'autant plus que dans les parages j'étais le seul juif, parmi les centaines de jeunes fidèles échauffés par le conflit israélo-palestinien et le reste.

Ironie du sort, aujourd'hui c'était eux qui allaient me sauver la mise, et voyant ces renforts inespérés, j'ai gonflé le torse pour commander au rom :
- Sortez tout de suite de ma boutique s'il vous plaît, je ne l'ai plus votre coupe, je l'ai revendue pour le double, tenez voilà cinquante-six, allez soixante...
A mon tour, je lui tendis trois billets, qu'il refusa d'un geste brusque.
- Toi rendre coupe à Guyekevek ou nous faire goulash avec toi, ma prévint-il, les yeux injectés de sang, avant d'effectuer un demi-tour, de se tracer un chemin tout droit parmi les amis du rappeur, et de disparaître avec sa petite cohorte mafieuse dans une allée perpendiculaire. Je remarquai qu'il laissa un de ses sbires en arrière-garde, à la terrasse du kebab à me surveiller. L'homme, qui avait une gueule de terroriste post-attentat, me salua de loin, pour que je sache bien qu'il était là, et que je n'avais pas intérêt à faire d'entourloupe à son patron.

Abdul Lefric, le rappeur algérien, avec lequel je n'avais jamais échangé plus de deux mots auparavant, choisit ce moment pour me faire la promotion d'un projet cinématographique à lui, dans lequel il souhaitait que je figure.

- Hé mon frérot ! Tu leur as fait quoi aux romanichelles ? Ne me le dis pas, je veux pas savoir ! Ecoute mon frérot: Je vais tourner un film et j'ai besoin d'un vrai bourgeois comme toi avec des vrais cheveux de bourgeois comme toi pour un rôle de ouf !

En effet, Abdul n'était pas du tout venu en bande pour me sauver des roms, mais pour me proposer de jouer dans son long-métrage à micro-budget, un navet en puissance, dans le plus pur style hard-core hyper-réaliste des rappeurs américain. Il voulait que j'y campe un ancien PDG du CAC 40, aujourd'hui devenu SDF alcoolique, et, reconnaissant qu'il m'ait tiré d'affaire, j'ai accepté. Ce fut seulement après que j'eus dit oui qu'il précisa que je n'aurai le droit ni de me raser, ni de me laver jusqu'au tournage, dans quatre semaines... sur le coup je n'ai pas prêté attention à cette exigence. J'aurais dû. Inutile de dire que je regretterai amèrement ce feu vert, car rapidement mon odeur corporelle et mon apparence physique dépasseraient les limites tolérables. Mais pour l'heure, il me fallait trouver moyen de partir de là sans éveiller les soupçons de l'homme de main rom à la terrasse du kebab.

A ce moment là passa le chariot poussé par le vieux Farid - un ancien de chez ancien des Puces - et j'eus une idée. Dans son chariot Farid récupérait tout ce que les boutiques haut-de-gamme du marché lui cédaient charitablement : lampes cassées, céramiques fissurées, tableaux éventrés, photos déchirées, lithographies trouées, chandeliers dépareillés, cadres brisés, briquets sans mèche, montres sans remontoir, et stylos sans capuchon... C'était son métier d'en vendre le contenu, poussant son chariot de porte à porte, proposant sa marchandise cassée aux différents brocs, sédentaires comme moi ou aux vautours-renifleurs furetant par nuées le long des ruelles du marché. On lui achetait de un à cinq euros pièce ces rebuts d'antiquaires. Or les chariots des Puces de Clignancourt étaient spécifiquement adaptés aux terrains accidentés, aux pavés, aux trous, à la boue, en ce qu'ils ressemblaient à des poussettes géantes, espèces de gros landaus, avec de larges roues de un mètre de diamètre, permettant à une personne seule de transporter partout de nombreux objets et un lourd fardeau, quelle que soit la condition de la chaussée.

J'interpellai Farid à voix basse et lui promis d'acheter tout le contenu de son chariot pour cent euros, s'il consentait à me transporter, caché dedans, jusqu'à l'endroit où était garée ma voiture ; le vieillard en babouches et djellaba accepta sans hésiter et sans poser de questions. Ensemble, cachés par la haute porte du regard de l'espion tzigane qui me surveillait, nous avons vidé son chariot : voilà un nouveau pic à ma chaîne alpine de déjections post-consuméristes inécoulables.

Etant donné que je devais produire l'illusion de ne pas être parti de la boutique, et de toujours me trouver à l'intérieur, j'en ai confié la clé au restaurateur antillais d'à-côté, lui demandant de remballer et de fermer pour moi en fin de journée, en échange d'un billet. Avec la coupelle en sécurité au coffre, je me suis mis en position foetale au fond du chariot, maintenant entièrement vidé.

Ainsi recourbé, et recouvert d'un tapis empestant le moisi, je sentis qu'on démarrait, que Farid avançait, me poussant devant lui, à vitesse d'escargot paraplégique, vu le surpoids que je représentais par rapport à sa charge habituelle.

Damnation ! Au premier virage - pile à l'endroit où le rom avait posté son vigile - un habitué de Farid insistait pour jeter un oeil à la camelote sous le tapis. Le coeur cognant à m'en donner la nausée, j'entendis le vieux berbère dire :

- J'i rien aujourd'hui, Laziz, lisse-moi tranquille, je ti li jure, j'i rien !

- Ca a l'air bien trop lourd pour n'être rien du tout, nota l'inconnu, dont je ne pouvais évidemment pas voir le visage.

Farid se débrouilla de justesse pour le tenir à distance :

- Ji vais manger maintenant, ji faim, ji viens tout à l'heure, tout à l'heure, je viens ti voir tout à l'heure avec li nouvelle marchandise...

En légère descente, nous tracions plus vite maintenant sur la chaussée cahoteuse, j'étais secoué comme dans un séchoir pendant une secousse sismique. Bien que le tapis puant ne laissait filtrer qu'une tringle de lumière, m'orientant de mémoire, j'avais à présent conscience de me trouver sur l'avenue en contre-bas du périphérique, souvent bouchée en fin d'après-midi par les fourgonnettes qui chargent ou déchargent ; à plusieurs reprises Farid fût obligé de faire halte et de repousser de nouveaux curieux – à un moment, quelqu'un a même partiellement soulevé le tapis me dissimulant, mais encore une fois la voix du vieux berbère lui fit lâcher prise avant que je ne sois découvert. Lentement, on progressait.

C'est alors que l'obscurité qui m'enveloppait s'éclaira d'un coup, m'aveuglant de rayons de soleil pétillants de poussière.
- Toi juif veux enculer moi, dit une grosse voix à l'accent roumain.
De battre mon coeur s'arrêta.
Le boss rom me tira du chariot sans ménagement, et, après m'avoir de la main gauche serré le cou avec ses doigts deux fois les miens, me colla une châtaigne de sa main libre. S'il ne

m'avait retenu par la chemise, je me serais cassé la figure sur le trottoir.
Le vieux Farid, bien que non mis en cause par le rom, se défendit d'avoir été au courant de ma présence dans son chariot («Ji li connais pas lui, je li jure !») et prit ses babouches à son cou, manquant de trébucher sur sa djellaba, me plantant là, debout en équilibre précaire dans la poussette, avec le gangster venu du froid !
- Si toi faire mal à moi, moi appeler police ! j'hurlai en franco-rom, avec les bras pour seule armure.
- Haha, toi penser Guyekevek peur police ? rit-il, en s'apprêtant à de nouveau projeter son poing contre mon visage, alors que le goût du sang m'envahissait la bouche. « Non, toi être erreur Monsieur Juif, police peur Guyekevek, pas Guyekevek peur police ! »
Mais je ne pouvais toujours pas me résoudre à tout perdre...
Dans mes derniers retranchements, il me vint une solution d'ultime recours, que je lui exposai avant qu'il ne me frappe une seconde fois :
- Moi vendre coupe très cher - - très cher - - - très très très cher ! je lui

promis. « Plus de cent mille euros pour Guyekevek ! »
- Toi penser Guyekevek gros con.
- Moi vendre coupe à personnes très riches - - très très riches - - - rendre Guyekevek très riche aussi - - - - toi et moi partager argent - - - Guyekevek pas ami avec personnes riches, moi, juif, oui - - - beaucoup plus argent pour Guyekevek si juif vendre coupe pour Guyekevek, toi comprendre ?
Je lui expliquai avec des mots simples la vente aux enchères du 12 décembre et à la troisième tentative, il sembla enfin comprendre.
- Fifty-fifty für Guyekevek ? demanda-t-il confirmation en anglo-allemand.
- Oui, fifty-fifty pour Guyekevek.
Sans me lâcher la nuque, il éclata de rire à pleines dents dorées :
- Toi, voleur. Moi croire toi ? Guyekevek croire juif voleur ?
S'éleva alors derrière moi une autre voix rom — - - celui de la doyenne de la famille, la vieille toute burinée déjà intervenue en ma faveur le jour où la coupelle m'était échue. Elle avait apparemment assisté à la scène et ordonna quelque chose dans leur

langue : Guyekevek, tout grand Guyekevek qu'il était, se figea.

- Grand maman à moi dit toi juif connaître bien argent, elle dit moi ok vendre avec toi et toi donner moi fifty-fifty.

La grosse main se décrispa de mon cou ; il se cracha dans la paume et serra la mienne pour sceller notre accord, écrabouillant chaque minuscule cartilage. «C'est deal ! Dégage juif! » Et il me laissa filer, sans me demander de document signé, ou la moindre reconnaissance écrite. Mais je n'avais aucune intention de le doubler cette fois.

Du coup, je suis retourné chercher le sac Monoprix au coffre du magasin. Mon séjour dans la poussette du vieux Farid, sous le tapis pisseux, la chaleur aidant, faisait que se dégageait de moi une odeur de putois en décomposition - j'y avais également attrapé, semblait-il, les insectes ayant donné leur nom au Marché - - des puces ! Ca me grattait de partout.

Hélas, je le rappelle, le rappeur-cinéaste-en-herbe m'avait intimé de cesser de me laver et de me raser pendant les quatre semaines précédant le tournage de son film, pour la véracité du personnage que je devais interpréter, et je ne tenais pas à le décevoir, lui non plus... la vente aux enchères étant programmée pour dans dix jours, plus les dix jours ensuite jusqu'au tournage, par conséquent je devrais supporter au total trois semaines cette infecte saleté, cette puanteur, ces démangeaisons et Eva devrait me supporter comme cela aussi.

Endormi dans mon lit, je faisais un rêve érotique où Eva était assise sur moi, balayant de ses fesses visqueuses et glacées mon sexe qui barrissait comme un pachyderme en rût ! J'ouvris les yeux en sursaut, me retrouvant dans un cauchemar éveillé pire que celui que je venais de quitter : la sorcière-alchimiste était penchée sur moi, son furoncle nasal en avant, m'étalant une purée marronasse froide sur le pénis ! Une aliénée mentale dangereuse, entrée chez moi par effraction en pleine nuit et qui voulait tartiner mon kiki d'une substance abrasive !
- AAAAAAAAHHHHHHHHHH ! j'hurlai d'effroi, et, surprise, la vieille eut un mouvement de recul brusque.

- Calmez-vous, mon garçon, vous allez tout renverser. Elle ôta ses gants Mapa jaunes boueuses, les retournant d'un geste.
- Qué-qué-qué-qu'est-ce que vous faîtes chez moi en pleine nuit ? Co-co-co-comment êtes-vous entrée ?
- Votre porte ferme mal, vous êtes au courant ? Si je me suis introduite chez vous, c'est que vous ne preniez pas mes coups de fil, et que je me suis rendue compte que c'est un véritable devoir pour moi, en tant qu'alchimiste responsable du local associatif trois jours par semaine, de vous venir en aide.
- Ecartez-vous de moi !

Bondissant debout, j'ai paniqué à la pensée de ma verge se putréfiant, et à l'aide du drap j'ai vite essuyé ce que j'ai pu de sa concoction.

- Non, mais, qu'est-ce que vous faîtes ? Arrêtez donc ce gâchis mon garçon ! Cette mixture j'y travaille jour et nuit à depuis que vous êtes venu à l'association... Je me suis vraiment investie à fond, et c'est la première fois que j'expérimente sur un être humain, alors il va rester bien tranquille le garçon, n'est-ce pas, et ne plus bouger

comme ça, sinon on y sera encore demain.
- J'appelle tout de suite la police ! j'attrapai mon mobile... Mais en y réfléchissant, toujours pas question que les forces de l'ordre viennent fouiller dans mes affaires, que ce fût ma coupelle, ou mon caleçon.
Alors, je me suis quand même dit qu'il valait mieux ne pas trop la contrarier, et que de la faire partir en douceur serait intelligent. J'ai donc commencé à lui parler plus calmement, tout en l'aiguillonnant d'un ton mielleux vers la sortie.
- Vous savez, chère Madame, c'est interdit d'entrer chez les gens sans leur autorisation.
- Allez, on y retourne, c'est un bon garçon qui va se laisser gentiment soigner, n'est-ce pas ? Lorsque quelqu'un n'a pas le courage de faire ce qu'il faut, quelqu'un de bonne volonté doit lui venir en aide. L'alchimie m'a montré le chemin. Il est écrit que j'ai pour mission de vie de vous purifier le prépuce. Je dois le faire, et je le ferai malgré vous si besoin est. A présent le garçon il va être sage comme une image et rester parfaitement immobile,

comme ça on fait pas bobo à ses petites coucougnettes avec les éclaboussures, d'accord ?

Habillé du drap, je commençai à l'entraîner en douceur, centimètre par centimètre, vers la sortie comme on souffle sur une plume, redoutant qu'elle ne m'explosât à la figure pendant la quinzaine de pas nous séparant du palier. Dans le même temps, la boue abrasive qui était restée sur mon sexe avait commencé à se solidifier en croûtes craquelées chaudes.
- Il va laisser la dame faire ce qu'elle a à faire, n'est-ce pas ? Il sait que c'est pour son bien, c'est un garçon raisonnable.
- Ce soir je ne me sens pas dans mon assiette, on peut remettre ça à demain ?
Plus que deux pas avant de pouvoir la pousser dehors...
- NON ! NON ! NON ! Vous n'avez aucune idée des efforts que j'ai du déployer pour dégoter certains des ingrédients indispensables à la préparation de ce mélange ! Pour vous, j'ai touillé, fusionné, des heures durant, à m'en arracher les cheveux ! Je ne

sens plus mes bras. J'ai chauffé, extrait, tamisé, distillé... et le petit ingrat voudrait qu'on remette ça ? On ne s'oppose pas au Grand Oeuvre, on se laisse porter par lui. Nous devons agir ce soir-même ! »
- Oui, oui, absolument, reprenant son téléguidage jusqu'au seuil de mon petit studio. Alléluia, elle avait un pied sorti !
- Vous êtes trop agité mon garçon, il va falloir vous monter plus coopératif. Regardez un peu ce que vous avez fabriqué ! C'est fichu. Heureusement que j'avais tout prévu ! J'en ai amené deux bocaux, on n'a qu'à recommencer ! Faites quand même déjà voir ce que ça donne...
Alors qu'elle se retournait vers moi, se baissant pour ré-inspecter mon entrejambes, son second pied franchit la barre en aluminium au sol délimitant mon logement et je lui claquai immédiatement la porte au nez - j'entendis son crâne faire un petit 'toc' sec sur le bois creux. Je parvins à placer le loquet à chaînette, puis verrouillai en vain la serrure cassée, dont le mécanisme tournait désormais dans le vide. A mon tour, je me suis pris la porte dans la figure, lorsque la

sorcière la poussa de toutes ses forces de la courte longueur de la fragile chaînette, laquelle, par chance, ne se brisa pas.

- D'accord, on remet ça à demain, mon garçon ! hurla-t-elle.

Je bloquai avec la commode. « Bonne nuit ! »

- Vous n'avez pas intérêt à ce que je vous revoie, espèce de vieille folle !

Une fois que je fus sûr et certain de son départ, je me douchai longuement afin d'ôter toute trace de sa concoction décapante de ma virilité et réussis par miracle à me rendormir.

7. les barbouzes de Dieu

Les bureaux de la Mossad, à Jérusalem étaient en alerte rouge : une très ancienne coupelle de circoncision avait refait surface en France, peut-être celle ayant servi à circoncire Jésus Christ en personne.

Dans le bureau du Premier Ministre israélien, sur les murs duquel trônaient les portraits hors normes de Golda Meïr , Moshe Dayan et Bibi Nethanayu, le Ministre de la Culture et de l'Identité Juive sautait comme un cabri : la coupelle de circoncision de Jésus Christ ! Une preuve supplémentaire de la suprématie du judaïsme sur le christianisme et de l'antériorité des juifs en Judée-Samarie par rapport aux arabes...

- Il nous la faut à tout prix, dit le Ministre, qui, ne tenant pas en place, renversa et brisa un vase palestinien du 5e siècle.
- Faîtes le nécessaire et activez la cellule parisienne sur-le-champ, ordonna le Premier Ministre.

Un email fut envoyé chez un libraire de Melbourne, qui expédia un fax à une avocate de Berlin, qui téléphona à un grossiste cacher de Marseille, qui transmit un message codé à une nounou parisienne.

Chez Goldenberg, le fameux restaurant juif de la rue des Rosiers, un chauve baraqué et un barbu orthodoxe déjeunaient en terrasse, au soleil, lorsqu'une femme toute en noir et perruquée, poussant un landau, en extirpa une enveloppe kraft qu'elle posa entre leurs assiettes sur la petite table de bistro, puis poursuivit son son chemin comme si de rien n'était.
Le chauve ouvrit l'enveloppe : elle contenait une lettre en hébreux

estampillée 'Top Secret' en anglais, ainsi que des photographies d'un homme, d'un autre homme et d'une coupe en métal.
Après avoir lu la lettre, il souffla quelque chose à l'oreille du barbu, et ils se levèrent tous deux en même temps, abandonnant leurs gefilte fish à peine entamés.

Le Vatican également était en alerte rouge – là-bas aussi la nouvelle circulait qu'une coupelle de circoncision ayant peut-être servi au baptême du Christ avait refait surface à Paris ! Un objet Saint !Des prêtres courraient à droite, à gauche, entrant et sortant du cabinet Papal comme des bergères d'une pendule suisse.

Le Pape était en entretien avec le Cardinal Belli.

- Nous ne pouvons pas la laisser nous échapper ! Vous imaginez ? La coupelle de circoncision du Christ, notre Sauveur ! C'est la relique des reliques ! Les Israéliens sont sur le coup, les Américains sont sur le coup, et les

Palestiniens seraient sur le coup, ça m'étonnerait pas non plus !
- Envoyez nos hommes de main la chercher à Paris. Il nous la faut absolument !
- Je téléphone tout de suite à deux de nos frères les plus déterminés, Saint Père, et je les expédie à Paris par le premier vol.

Au milieu de la piste de danse du Fandangio, la nouvelle boîte catho gay à la mode de Rome, des hommes en soutanes, habits de prêtre, robes de cardinal se déhanchaient sur le rythme endiablé de chants grégoriens techno. Aux murs, des Vierge Marie fluo, des Christs gonflables, des croix cloutées.... Assis sur une banquette de velours rouge, deux capucins se faisaient du bouche-à-bouche comme pour se ressusciter l'un l'autre, lorsque le mobile rose du plus grand des deux se mit à lumineusement vibrer sur la table sur laquelle trônait une bouteille de whisky. Il s'essuya les lèvres sur le manche de sa soutane et répondit.

- Ecco, si, sono Guiseppe cui, ascolto...

Soudain il se dressa, comme s'il se mettait au garde-à-vous « il Pappa personalmente volie parlare con mi ?

Il écouta en silence ce que la personne à l'autre bout du fil lui disait, avec des sporadiques « Ecco Santo Padre », « Certo Santissimo Padre ».

Quand il eût raccroché, il prit l'autre capucin par la main : « Veni Pietro, subito ! »

- Ma cosa faï amore mio ?

- Tou et moi, nous allons a Parigi per che ils ont trovato la coupella de circonsione del Christo !

Bien-entendu, j'étais inconscient de toute cette agitation autour de ma coupelle en Italie et Israël, mais je le serai vite : sonna le téléphone. Une voix lugubre à l'accent moyen-oriental appuyé, et trahissant un surplus de sécrétion salivaire :
- Monsieurchrr Kravitz Christian ? Je me présente, Colonel Golem Samuelson.
- Euh... vous savez quelle heure il est ?

- Je travaille pour le Mossad.
Ca y est, j'étais réveillé !
- Que me voulez-vous ?
- Vous avez en votre possession un objet appartenant à l'état d'Israël. Je vous attends dehors devant votre immeuble.
- Qu'est-ce qui me prouve que vous êtes bien un agent du Mossad ?
- N'en doutez pas Monsieur Kravitz Christian - - nous savons tout de votre coupelle. Nous savons tout de vous, tout. D'ailleurs nous savons tout sur tous les juifs.
- Cette coupelle, je l'ai achetée, elle m'appartient. Vous perdez votre temps.
- Retrouvez-moi dehors, répéta-t-il avant de raccrocher.

J'y vais, me suis-je demandé? J'y vais pas ? En avais-je le choix ? Ne pensant pas avoir à faire à un imposteur, je me devais d'en avoir le coeur net et de savoir si l'Etat Juif avait un quelconque titre de propriété prouvant que ma coupelle était la leur, ou si c'était du bluff. La porte ne fermant plus à clé, j'ai pris le sac Monoprix avec moi.

En effet, une Scénic noire attendait, moteur éteint. L'homme accoudé sur le toit de la voiture, un chauve inquiétant, m'accueillit d'un grognement, sans sourire.
Au volant, un religieux juif barbu touffu et noiraud, qui semblait monter la garde, écoutait à très bas volume sur l'auto-radio Les Filles de Mon Pays de Enrico Macias - - Impossible, il ne tourna pas la tête vers moi, regardant droit devant vers la rue déserte comme si je n'étais pas là.
- Montez, Monsieur Kravitz, s'il vous plaît.
- Je préfère parler ici.
- Nous savons aussi tout au sujet de votre coupelle, Monsieur Kravitz. Tout. Nous vous pistons depuis que vous avez montré la coupelle à ce Monsieur Samama, le marchand des Puces.

Ainsi j'étais ciblé par l'Etat d'Israël, traqué, écouté, espionné !

- Quand le Mossad a entendu parler de la coupelle, on nous a assignés à vous, l'agent Reuben Bensoumiche, ici présent, et moi. Comprenez que cette coupelle nous intéresse beaucoup, Kravitz, n'est-ce pas Reuben ?

Le velu dans la Scénic, m'ignorant toujours, regarda son collègue en acquiesçant du menton.
- Kravitz, en tant que juif, vous ne pouvez pas faire autrement que de nous remettre cette coupelle intrinsèquement israélienne. La Nation sioniste vous en témoignera une éternelle gratitude. Lorsque vous viendrez sur la terre de vos ancêtres, vous y serez reçu comme un héros, comme le grand ami d'Israël que vous êtes !
- Si vous la voulez ma coupelle, elle sera mise aux enchères chez Roth-Ladurie's le douze décembre. Joyeux shalom, et bon shalom à vous aussi Monsieur, je balançai à son pileux chauffeur par la vitre.

Je filai vite, mon sac Monop' serré contre le ventre, sans regarder en arrière, de peur qu'ils ne me suivent - - Mais chez moi, la porte du studio était grande ouverte ! Tiroirs par terre, vêtements éparpillés, tout renversé ; j'en déduisis, à tort, que les deux israéliens m'avaient attiré dehors pendant qu'un troisième larron me cambriolait et me suis félicité d'avoir gardé le sac plastique avec moi.

Alerté par un bruit dans la salle d'eau, je compris que l'intrus était encore sur place ! Peu suicidaire, je décidai de me tirer en douce ; hélas en me retournant, mon coude heurta bruyamment la poignée de la porte. Surgirent alors deux hommes encapuchonnés, en soutanes beiges ceinturées de corde ! Leurs larges capuches tombantes leur dissimulent la quasi-totalité du visage, hormis bouches et mentons. Coupelle au poing, je me suis enfui à toutes jambes, tronçonnant à travers les buissons des jardins de ma résidence, puis pataugeant sur la pelouse gorgée d'eau de celle d'à-côté, les sandales en cuir des mystérieux prêtres-cambrioleurs faisant 'sploutch-sploutch' à mes trousses !

Si c'était des agents du Mossad, pourquoi les soutanes, était-ce pour induire en erreur d'éventuels témoins ? Mes chaussures complètement trempées éclaboussaient à la lueur

diffuse des lampadaires. En ligne
droite, je visais le boulevard Magenta,
où il y avait du monde à toute heure.
Slalomant entre les poubelles jaunes
des recyclables, soudain on me tacla et
je m'écrasai la face contre un abribus,
avec le bras tordu derrière le dos, la
joue aplatie contre un yoghourt géant
aux morceaux de fruits - - je m'attendais
à me prendre un coup de krav maga,
art martial connu pour être brutal, et
spécialité de l'armée israélienne. Mais
mon agresseur n'avait rien d'israélien :
- Signore Kravitzé, dit avec un fort
accent italien mon agresseur, dans son
habit de capucin mouillé jusqu'aux
cuisses, « per piaccere, no mi obligato
à fare male à vous. »
- Je ne veux pas mourir !
- E io non ti ucciderò uno, non abbiate
paura. Je ne vais pas vous touer,
n'ayez pas peur, traduisit-il. Comment
se dice en francese, « Tou ne toueras
point, haha». Il resserra cruellement sa
prise.
L'autre soutane nous rejoignit, à bout
de souffle, et mouillé jusqu'au torse, car
plus petit.
- Je suis Fratello Guiseppe Dorgelo, e
mi amico qui vient d'arrivato e Fratello

Pietro Fusilli. Nous labourons per il Papa. Le Pape. Nous travaillons per le Pape.
Le second poursuivant, avec sa soutane ruisselante, approcha son visage à un millimètre du mien, et répéta, menaçant « Il Pappa di Vaticano ».
Le plus grand me retourna de force, me clouant les épaules au plexiglass de l'abribus – je réussis à masquer mon sac derrière mes jambes. J'ai légèrement bougé les fesses, car il y avait le 'M' du logo «Monop'» qui dépassait.
- Signore Kravitzé , où elle est, eh, la copella ?
- Je ne l'ai plus.
- Dove'sta alora ? Où elle est la copella ?
- C'est le Mossad israélien qui me l'a pris, je tentai.
Je ne m'attendais pas à la gifle cinglante que je reçus.
- Ma che comico che sey, no, Pietro ? Vous êtes oun grande comique Signore Kravitzé.
- Troppo divertente, sarcasma le plus petit.

- Il Christo est la fundatione de tutta la religione Catholica, Signore Kravitzé. Si la copella, elle a servi a circoncisionare il penis de Jesus, tecnicamente, elle appartiene al Vaticano. Pietro, subito !

Le pan de la seconde soutane se souleva jusqu'au nombril, en gouttant : un petit pistolet dépassait de son slip léopard !

Croyant ma dernière heure venue, tétanisé de peur, patatras, à cause de la soudaine raideur de mes muscles, le sac Monop', qui jusqu'alors était resté discrètement coincé à l'arrière de mes cuisses, tomba à mes pieds avec un bruit métallique. En voyant la tête que je faisais, le court-sur-pattes comprit de suite de quoi il s'agissait :
- Ha ! Lo trovato, Guiseppe! annonça-t-il triomphalement.
- Dammi la copella, signore Kravitzé. Donnez-moi la copella !

Alors qu'il se baissaient tous deux simultanément pour attraper mon sac en plastique et anéantir mes rêves de fortune, comme si Jésus veillait sur moi, tout-à-coup des pleins phares foncèrent

droit vers nous, dans un crissement de pneus qui déchira le silence nocturne. Dans les appartements au-dessus de nous, je vis des volets s'ouvrir, des rideaux être tirés, des lumières s'allumer, lorsque soudain les deux israéliens s'extirpèrent de la Scénic, braquant de leurs revolvers les deux soutanes éberluées.
- Tu vois ce que je vois, Reuben, des cathos qui martyrisent un juif.
Son collègue semblait avoir retrouvé sa langue et être du même avis :
- Si c'est pas malheureux de voir ça de nos jours, ts, ts...

Contraint et forcé, Guiseppe, leva les mains en l'air, mais le petit Pietro décida de dégainer, avec moi, au milieu : ils se tenaient ainsi en joue à l'apparition des gyrophares au virage du boulevard Magenta, qui mirent fin à cette situation parfaitement terrifiante, car ils rangèrent tous vite leurs armes, et je profitai de la surprise générale pour prendre mes jambes à mon cou, agrippé au sac. Sans doute afin d'éviter l'incident diplomatique, personne ne me poursuivit : les israéliens sautèrent dans leur Scénic, démarrèrent en trombe, tandis que les prêtres refirent une rapide série de 'sploutch-sploutch' pressés dans le sens opposé.

N'empruntant que les petites rues jusqu'à ce que je sois sûr de ne pas être pisté, j'ai loué une chambre d'hôtel pour la nuit presque en face de chez Roth-Ladurie's. Le lendemain, après zéro sommeil et dès l'ouverture de la maison de ventes, à neuf heures, j'ai été mettre ma coupelle à l'abri, en dépôt chez eux, déjà un souci de moins.

J'ai passé la journée suivante sur internet, à envisager la chirurgie esthétique du pénis, et déniché un spécialiste de la circoncision chez l'adulte, qui se vantait de n'avoir eu aucune complication en dix ans de carrière et plus de mille patients. Malgré ces heures de recherche, je n'avais aucune réelle intention de me faire charcuter, et encore moins sans la garantie que cela ne repousserait pas. J'ai aussi trouvé sur internet un cas similaire au mien, un Mexicain dont dont le prépuce mesurait quarante-huit centimètres, donc plus long encore que

le mien, mais le sien à lui n'était pas
apparu de nulle part comme chez moi.
Sur la planète entière, il semblait que
j'étais unique dans mon cas.

8. La secte des décirconcis

Au téléphone, le rabbin Choukroune disait avoir quelque chose d'important à me montrer. Il disait détenir les réponses que je cherchais.
Je suis donc sans coup férir retourné à sa synagogue, où il m'attendait à l'entrée. La baba-rabbin nain me prit par la main, mais plutôt que de m'emmener dans la salle de prière donnant accès à son bureau, nous sommes descendus au sous-sol du temple, par un long escalier en colimaçon, tapissé d'images de la vie de Jesus Christ, de la Natalité à la Résurrection, en bas des marches, je devinais une cave voûtée, éclairée à la torche. Nous croyant seuls, quel ne fut pas mon étonnement d'y voir un groupe de jeunes en tenues

traditionnelles juives qui me regardaient avec des yeux ronds, et soudain j'ai eu peur, davantage encore lorsqu'ils m'applaudirent. J'ai remarqué qu'ils portaient tous une grosse croix chrétienne au cou. Parmi eux, je reconnus le docteur Lévy-Cohen.
- Qu'est-ce qui se passe ici?
- Tout va bien, Monsieur Kravitz, tenta de me rassurer le rabbin. « Personne ne va te faire de mal. Tu voulais des réponses, eh bien tu vas en avoir. C'est le destin, que veux-tu. Tu es le destin ! Le destin des juifs !
Le rabbin Choukroune m'attrapa par les épaules :
- Je te l'avais dit, mec. Je devais te confirmer. C'est fait. Nous avons voté.
- Je ne comprends pas, c'est qui 'nous' ?
- Nous sommes les Juifs Jésuphiles Décirconcis, ou JJD, tu préfères. Un peu comme les Juifs pour Jésus, avec le rétablissement du prépuce comme pierre angulaire de notre mouvement religieux.
- Jésuphiles ? Vous aimez Jésus ? Mais vous êtes un rabbin !
- Oui, mec, mais un rabbin pas comme les autres, un rabbin qui croit à la venue

d'une nouveau Messie Juif, circoncis comme Jésus, et dont le prépuce repousserait comme celui de Jésus lors de sa Résurrection. Ce Nouveau Messie c'est toi, Kravtiz. Tu es le nouveau Fils de Dieu, manifesté dans la chair, celui qui nous avait été annoncé ! Ta venue prouve la nature profondément chrétienne des juifs. Maintenant si tu veux bien, baisse ton pantalon pour que nous puissions tous admirer la merveille.

- Non, je ne veux pas !
- Et tu es sûr qu'il n'avait pas de prépuce avant ? demanda à voix basse un bossu à Choukroune. « Il a pas vraiment une tête de Nouveau Messie.
- Moi non plus, je ne l'imaginais pas comme ça, ajouta une jeune femme.
- Je vous l'ai déjà dit vingt fois, c'est bien lui. Ce ne peut pas être une simple coïncidence, parmi tous les médecins de Paris, c'est le frère Lévy-Cohen qu'il est allé consulter. La résurrection de son prépuce ne peut être que de dimension divine, je m'en porte garant.

Le cou tendu, les jeunes se mirent tous à regarder de côté de mon entrejambes, et je serrai les cuisses comme jamais auparavant, tout autour

de moi des « Oooooh ! » et des « Ahhhhh », puis ils s'agenouillèrent tous et récitèrent une prière en hébreux dans lequel je reconnus le mot 'Jésus'.
Le rabbin-baba se retourna vers le groupe :
- Oui, Il est enfin là, mes frères et mes soeurs, alléluia Jésus soit béni, le Nouveau Messie juif qui nous a été envoyé par Dieu, comme annoncé dans nos Ecritures Saintes, alléluia, « un homme viendra qui portera le signe », ce signe que nous espérions, un prépuce sectionné à la naissance, un prépuce de juif qui repousse spontanément, alléluia Jésus soit béni, montrons notre dévouement suprême !

Et là, tous les hommes présents, simultanément, le Docteur Lévy-Cohen et Choukroune compris, baissèrent leurs pantalons et slips, exposant des pénis couverts de sparadraps.
« Nous, les Juifs Jésuphiles Décirconcis, nous rétablissons l'intégrité de notre pénis divin, à l'image de celui Jésus, son prépuce a repoussé à sa résurrection, alléluia béni soit Son Nom. Il est 'Le Christ Décirconcis de la Résurrection', mes frères et mes

soeurs, il est écrit qu'un jour viendrait un Nouveau Messie juif circoncis, dont le prépuce lui aussi repousserait, alléluia béni soit le sexe de Jésus !
Tous ensemble répondirent : « Alléluia », les hommes faisant tourbillonner leurs pénis couverts de sparadraps comme des hélices.
« Nous devons faire circuler la vérité, l'image de la vérité, celle qui dit que la circoncision de tout juif doit être décirconcis, alléluia béni soit le sexe de Jésus, vous êtes la vérification de notre foi, celui que nous attendions, et vous êtes venu à nous, le Ciel vous a envoyé... ça suffit comme ça, rhabillez-vous.
Tous cessèrent de faire tournoyer leurs zizis et remontèrent leurs pantalons. Puis le rabbin chef de secte moustachu reprit la parole..
- Mes frères et mes soeurs, vous le savez, Jesus Décirconcis, béni soit son nom, nous a envoyé en ce jour, ainsi qu'il nous a été promis, le Nouveau Messie, que voici, Christian Kravitz, un juif, comme nous, un juif circoncis a la naissance, comme nous. Mais, mes frères et mes soeurs que la joie de Dieu vous submerge, car aujourd'hui, la

salvation est en route, il est avec nous, le fils décirconcis de Dieu tel qu'il est apparu à la Résurrection, le vrai Christ rétabli dans son intégrité chrétienne, notre Christ à nous, le Jésus Décirconcis, oui, le Seigneur reprend aujourd'hui possession de l'ensemble de son appareil genital, tel qu'il a été conçu par Dieu-le-Père, béni soit son nom, Alléluia!

D'une seule voix, toute la congrégation répondit "Alléluia!"

- Honorons a present notre Nouveau Messie comme il se doit!

L'un après l'autre, les jeunes religieux fous s'agenouilleront face a moi et dirent en louchant du côté de mon entrejambes en répétant chacun les exacts mêmes mots: "J'aime ta queue, Nouveau Messie", tirant la langue vers mon engin, comme pour recevoir l'ostie.
- Merci pour tout ce bonheur, Nouveau Messie. Tu es la réponse à nos voeux les plus spirituels et tu es la prophétie qui se réalise.

Je me suis prudemment levé, peu rassuré quant au fait que ces fanatiques allaient me laisser filer si facilement.

- Je peux partir?
- Mais bien-sur que tu peux partir, Nouveau Messie, tu es la preuve de que ce que m'ont dicté les anges. Quand je pense que certains commençaient a douter de mes visions divines. Heureusement que Dieu béni soit son nom t'ait envoyé à nous!
- Bon ben alors je vais repartir maintenant alors.
- Que l'on reconduise le Nouveau Messie où il veut.

Ils me déposèrent chez moi.
J'ai vérifié mes messages: Eva me demandait de la rappeler d'urgence.

- Christian, notre service légal vient de recevoir un appel très désagréable de l'avocat d'une certaine Madame Judith Todzlatz, qui prétend avoir été spoliée de ta coupelle par les nazis. Elle dit que quand elle était petite fille, elle l'avait vu dans le salon de son grand-père, et elle l'a formellement reconnu en couverture du catalogue, sur le site. Dans l'attente

de négociations, la vente est mis en suspens.
Soudain, mon coeur sombra.
- Non, fut tout ce qui sortit de ma bouche.
- Si.
- Ils ont des justificatifs ?
- Il parait que oui.
Je n'en revenais pas, ma belle certitude de devenir bientôt riche s'écroulait d'un coup.
- Merde, c'est pas vrai.
- Si, si, je t'assure. Ils ont vu la coupelle sur le site et ils disent qu'elle leur appartient. Nous avons rendez-vous avec eux à la maison des ventes demain à neuf heures.
- On y va ensemble.
- Je préfères que tu dormes chez toi.
Bah, ca m'arrangeait plutôt, vu que le boudin blanc que j'avais entre les jambes s'était encore allongé.

Le lendemain, chez Roth-Ladurie's, on me mena en salle de conférence où m'attendait une vieille dame en noir, une étoile jaune cousue sur le manteau, comme si on était en 1943 ! Elle était flanquée de son avocat, avec l'équipe

d'Eva assise en face d'elle, Elle pleurait
a chaudes larmes:
- La coupelle de circoncision de mon
Papa! Après tout ce que notre famille a
souffert, bouhouhou, vous devez nous
la rendre, bouhouhou. Ma coupelle, ma
pauvre coupelle!

- Notre client détient une photographie
de la circoncision de son père, Adam
Todzlatz, assassiné à Auschwitz
pendant la guerre.
Il sortit une photographie ancienne
écornée d'une pochette; y figurait un
vieux rabbin, avec un nouveau-né sur
les genoux, clairement une scene de
circoncision. Mais si coupelle il y avait,
seule la courbe supérieure de l'objet
apparaissait en bas du cadre : il pouvait
s'agir de n'importe quoi.
- Non mais vous vous moquez de qui
avec votre photo, je protestai. "Ca ne
prouve rien du tout!!
La dame redoubla de sanglots,
consolée par son conseil.
- Pauvre Madame Todzlatz, après tout
ce que vous subi, quel affront, je suis
indigné!
Eva se leva de son siège, fit le tour de
la table, et prit le cliché dans les mains:

- Vous nous faites perdre notre temps. Quand vous aurez quelque chose de sérieux à nous présenter, on en reparlera.

Elle a jeté l'image à la figure de l'avocat, avant de sortir de la salle, verte de colère. "Nous porterons plainte!

Il se trouva en effet, après enquête, que cette dame distinguée avait changé d'identité à plusieurs reprises, adoptant auparavant le nom d'une héritière d'une puissante famille américaine, Elena Van Ruynbeck. Si son avocat, avant de se désister, admit que Madame Todzlatz était bien une arnaqueuse, il a par contre juré sous serment n'avoir eu aucune connaissance de son passé douteux, ni de la nature criminelle de sa démarche auprès de la maison de ventes. Bref, il ne donna pas suite, et donc sa cliente non plus. Tout l'épisode ne dura que quelques heures.

Une fois l'arnaqueuse démasquée, donc, les enchères allaient quand même pouvoir se faire! Hélas la malchance allait me tendre un nouveau piège.

Le soir-même, j'étais convoqué par le rappeur-réalisateur Abdul Lefric à venir tourner ma première scène de son film, sur les quais de Seine, près de la Très Grande Bibliothèque. Flottant dans mes habits de clochard, les jambes de mon pantalon abominablement sale, sentant le vomi, trop long et large, trainaient derrière moi comme une cape de mariée de dépotoir. J'étais censé faire le mec bourré, devant les autres acteurs, tous des jeunes de sa cité, tous l'air dangereux. Pour rigoler, l'un des jeunes a posé le pied dessus alors que j'étais en pleine action cinématographique, avec Abdul, caméra sur l'épaule, me filmant en train de marcher le long du fleuve, une bouteille de gros rouge à la main, faisant semblant d'être soul. Du coup, le vieux froc m'est tombé aux chevilles, entrainant avec lui mon vieux caleçon sans élastique, distendu, sans que je m'en aperçoive, concentré que j'étais dans mon interpretation de SDF alcoolo. J'ai pris les rires hilares des jeunes comme une approbation de ma

performance de comédien, mais compris rapidement qu'ils acclamaient ce qu'ils pensaient être un pénis immense, mais qui n'était qu'un pénis normal recouvert d'un prépuce, qui lui, était exceptionnel - Lorsque je me suis aperçu de ma nudité, c'était trop tard: plusieurs mobiles immortalisaient déjà l'instant.
- He, t'es monté comme un cheval, Laziz, c'est quoi cette histoire? dit le rappeur en baissant son appareil.
- C'est le feuj le plus chrétien qui existe, sur le Coran, t'as enregistré sa teub de ouf?
- Arrêtez de filmer, s'il vous plait les gars...
- C'est monstrueux, sur la tête de ma mère, dit un autre.
- Ca y est c'est sur Youtube fréro, interjeta une troisième. "J'ai mis comme titre Un Feuj nommé cheval », énorme ! Héhéhé!"

Ces quarante secondes avec mon sexe en vedette, en quelques heures engendrèrent plus de cinquante mille vues. En une seule journée, je suis devenu un sex-symbole. On ne saurait savoir comment, mon numéro était désormais dans le domaine public, sur internet, On me proposa même de faire la couverture d'une publication gay, que je déclinai, et mon telephone n'arrêtait pas de vibrer de messages tantôt antisemites, tantôt scabreux. J'étais dans de beaux draps.

9. Le Yoda israëlien

Cette saleté de prépuce commençait à sérieusement me démanger, à force de se balancer de droite à gauche dans mon caleçon comme ca, se frottant aux coutures. Dans l'intimité de plus en plus relatif de mon studio, lequel était encore en désordre total, j'ai roulé l'appendice en pneu, comme petit un col roulé a pénis. Puis j'ai mis un préservatif dessus le mini-bourrelet ainsi obtenu, pour que ça tienne en place. Je n'en pouvais plus, mon problème devait être réglé une fois pour toutes. J'ai cherché une stratégie, puis l'idée m'est venue : il me fallait remonter aux origines du mal: Jésus Christ. Pourquoi n'y avais-je pas pensé avant? Je suis rentré dans la première église sur mon chemin, me suis mis a genoux, rien du tout. Cependant en ressortant, je suis passé par une table couverte de prospectus, dont l'un était illustré d'une botte de soldat portant l'étoile de David piétinant un enfant palestinien. Ce fut cette étoile de David aux couleurs du drapeau israélien qui enclencha le déclic en moi: le tournage d'Abdul ne devait reprendre que le week-end suivant, j'avais un peu de temps devant moi, alors direct, sur mon telephone et sur un coup de tete, j'ai pris un billet d'avion pour Bethléem, alors que je n'y étais jamais allé, sur la terre de mes ancêtres, et que les chasseurs de trésor du Mossad pourraient tenter de m'y refaire des misères. Je décidai de ne rien en dire à Eva, notre relation était déjà assez compliquée sans cela. En plus, de ne pas lui donner signe de vie pendant deux-trois jours, c'était bon pour le marketing sentimental. Je décidai donc de ne lui souffler mot de mon voyage, tant pis pour sa gueule. Au débarquement, j'ai eu peur que les douaniers ne me demandent de baisser le pantalon, pour prouver que j'étais bien juif, mais il n'en fut rien. Je n'avais jamais vu autant de juifs de ma vie.

Devant l'église de la nativité, je me suis de nouveau agenouillé pour prier : je n'y reçus pas l'ombre d'un message divin qui m'aurait permis de retrouver mon pénis circoncis. Je suis ensuite rentré dedans et resté ainsi à genoux devant l'autel jusqu'au soir, pris en photo par les touristes, si seulement ils savaient. A la nuit tombée, je me suis perdu dans le noir, et ne retrouvant pas le chemin de l'hotel, j'ai poussé la porte d'un bar pour demander le chemin.
Un espèce de hippie a cheveux et barbe longs, assis sur un tabouret haut, était accoudé au comptoir.
- Dieu merci tu es enfin ici, me dit-il en français dès que j'eus franchi le pas de la porte, « mes prières ont été exaucées. Je sais ce que tu cherches.
- Oui, je cherche l'avenue Ben Gourion.
- Non, mec, c'est pas ça que tu cherches.
Je me suis dit qu'il devait s'agir d'un bonimenteur à toubabs, qui prenait pour proies les nombreux adorateurs du Christ suffisamment fanatiques pour s'être donné la peine de se déplacer jusqu'à Bethléem.

- Certes, je n'en doute pas, mais l'avenue Ben Gourion c'est par où? j'insistai.

Mais ce qu'il dit ensuite me cloua sur place:

- Tu cherches a réduire ton problème qui chaque jour grandit.
- Je ne sais pas de quoi vous voulez parler.
- Si tu veux, je connais un bordel pas loin. Il y a de très belles filles. Des blondes. Des russes.
- Ah. Non, merci.
- Tu veux quoi, de l'herbe, de la coke, des champignons...
- Je cherche des réponses.
- Le sage Ahmed! Lui il sait tout, il connait tout! Oui, bien-sur, suis-moi l'ami, pour vingt shekels, je t'y conduis! C'est pas dans les guides touristiques, l'ami… C'est pas loin, viens.

Malgré ma premonition qu'il puisse s'agir d'une arnaque, j'ai décidé de le suivre, car même s'il n'y avait qu'une toute petite probabilité que ce voyage ne soit pas en vain, je me devais de le tenter, car de vivre avec ce prépuce qui n'arrêtait pas de s'allonger, ce n'était pas vivre. J'étais venu ici pour une

raison, il devait forcément y avoir une raison.
Nous avons traversé à pied les ruelles de Bethléem, de plus en plus étroites, jusqu'à parvenir dans un quartier sinistre, au bout duquel nous sommes entrés dans un taudis lugubre, où nous avons pris l'escalier descendait à la cave. Une fois en bas, tirant sur un fil, il a allumé une ampoule au plafond: je m'attendais à être braqué par une bande de voyous, ou décapité par des terroristes, mais seul y était accroupi un vieil homme en guenilles, tout en noir, qui à notre arrivée se leva calmement, lentement, vint a notre rencontre, et dit quelque chose en arabe, à quoi le hippie devant moi répondit autre chose, et ainsi de suite pendant quelques minutes.
- Le sage Ahmed demande si tu es juif, parce qu'il n'aide pas les juifs. Il dit que tu as l'air juif.
- Non, je ne suis pas juif, je mentis.
- Tu es chrétien? Il demande comment tu t'appelles.
- Christian.
- C'est ton nom de famille Christian?
- Christian Kravitz, je soufflai de manière a peine audible.-

- Kravitz. Ahmed dit que c'est un nom de juif, ca. Ton nom est juif, tu as l'air juif, donc tu es juif!
- Non, regardez, regardez, je baissai vite mon pantalon, "je ne suis pas circoncis! Ne me tuez pas! Ne me tuez pas!

De nouveau Ahmed-le-Sage déblatéra une tirade au hippie qui traduisit.
- Il dit qu'il n'a jamais vu quelqu'un d'aussi chrétien que toi. Il veut bien te porter conseil.

Tous trois en tailleur, le vieux, par le biais de mon guide, me délesta de quelques billets, et me demanda de formuler ma requête. Ne pouvant pas mentionner mon prépuce, je devais trouver une autre question utile a lui poser.
- J'ai été envoûté par un objet et je voudrais être désenvouté.
- Quel objet, il demande. Tu l'as avec toi?
- Non, je ne l'ai pas là. Il s'agit d'une coupelle.
- Quelle sorte de coupelle.
- Ben juste une coupelle antique, une coupelle ensorcelée. Si quelqu'un boit dans une coupelle très ancienne et que

cela provoque des effets non-souhaites, comment défait-on l'ensorcellement?
L'hippie traduisit.
Le sage m'attrapa les mains, ferma les yeux, et commença un monologue qui dura plusieurs minutes. Quand il eut terminé, le chevelu resta silencieux.
- Alors, qu'est-ce qu'il dit?
- Ahmed dit "Qui a bu boira". Il dit que de boire dans la coupelle t'a amené une malediction, tu dois de nouveau boire dedans pour la défaire.

Bien sur! Il avait raison, le sosie de Yoda, comment n'y avais-je pas pensé avant? Si je rebuvais dans la coupelle, l'ensorcellement cesserait peut-être! Cela pouvait-il être aussi simple que cela ?
Je lui ai embrassé les mains de gratitude, et leur ai donné à chacun l'équivalent de cent euros.
- Ramène-moi à mon hotel et je te file encore vingt shekels!

J'ai pris mon vol retour le lendemain plein d'espoir, bien que la coupelle n'était plus en ma possession. Depuis l'aéroport, j'ai téléphoné à Eva.
- Tiens, un revenant.

- Eva mon amour.
- Ca fait quatre jours que tu ne m'as pas appelée, je pensais que m'avais oubliée.
- Pardonne-moi, il fallait que je fasse quelque chose d'important.
- Tu me prends pour une idiote? Elle est belle au moins?
- Il n'y a pas d'autre femme, je te le jure.
- Tu es où là ?
- Euh, chez moi.
- Tu es au courant que ta vente est pour après-demain?
- Il faut absolument que je revoie la coupelle avant la vente!
- Quelle idée, pourquoi donc?
- J'ai mes raisons. Je dois la revoir une dernière fois, je te dis.
- Impossible. Elle est désormais sous séquestre en vue des enchères.
- Sous séquestre? Non. Toi tu bosses la-bas, tu pourrais sûrement t'en approcher, ou plutôt m'aider a m'en approcher.
- Personne ne peut s'en approcher avant le jour de la vente, l'objet est sous scellés. Les scellés ne peuvent être ouverts que par un huissier de justice.

- Alors peut-être au moment de la vente je pourrais la prendre dans les mains un court instant.
- Qu'est-ce qui te prend, Christian? Non, tu ne pourras pas le prendre dans les mains. Penses-tu, tout cela est hyper-surveillé, pour éviter les substitutions de dernière minute.
- Alors je ne veux plus la vendre.
- T'es devenu fou ou quoi? Tu ne peux plus retirer la coupelle de la vente de toute manière. Il t'en couterait des centaines de milliers d'euros, pour dédommager Roth-Ladurie's et ses clients lésés par une telle action à quarante-huit heures de la vente. Et moi, je perdrais mon travail.
- Eva, aide-moi, je t'en supplie!
- Tu étais si heureux de l'argent que cela allait de rapporter. Pourquoi ce changement?
- Tu ne me croirais pas.
- Racontes toujours.
- Je dois boire dans la coupelle. Pour retrouver ma circoncision.
- Christian. Tu es en plein délire. C'est sans doute tout cet argent qui te monte à la tête.
- Tu dois m'écouter, Eva. Le jour où j'ai acheté la coupelle, j'ai bu dedans, et

depuis mon prépuce n'arrête pas de pousser. Un sage m'a dit que je devais reboire dedans pour redevenir normal.
- Mais je t'assure que tu n'as pas besoin d'aller inventer une histoire aussi farfelue. Je n'ai pas besoin de cela de toi. J'ai accepté le fait que tu sois goy.
- Elle se trouve où exactement ma coupelle ?
- Dans le coffre-fort de Roth-Ladurie's évidemment.
- Tu peux m'aider à y accéder ou pas?
- Certainement pas. Je serais virée sur le champ.
- Je te rappelle.
- Ah non, tu ne vas pas me raccrocher au n...

Comment accéder à la coupelle? J'ai cherché une solution sans la trouver. J'ai vérifié toujours avoir la mini-bouteille de whisky acheté à bord de l'avion, et me suis rendu directement chez Roth-Ladurie's, où l'hôtesse d'accueil a informé Eva de ma presence.
Elle est descendue visiblement hors d'elle, et m'a amené dans le même petit salon particulier que le jour ou je lui

avais présente la coupelle pour la première fois.
Une fois la porte refermée derriere nous, elle me hurla dessus:
- Ca ne va pas de venir me voir sans rendez-vous! Tu te prends pour qui? Tu disparais et tu réapparais comme une fleur, avec des prétextes tirés par les cheveux, ca ne peut plus continuer comme ça.
Elle ne m'avait pas vu nu depuis une semaine. Je décide de lui montrer mon prépuce.
- Mon prépuce n'arrête pas de pousser, je dis en baissant le pantalon.
- Qu'est-ce que tu fais là? Non, mais tu crois qu'on va faire l'amour ici? J'hallucine!
- Regarde mon sexe. Regarde mon prépuce. Regarde comme il est long.
- Mon Dieu, réussit-elle à murmurer en voyant l'appendice, à present de la longueur d'une cigarette. - Tu as attrapé une MST? Tu m'as infectée?
- Pas du tout, j'ai fait tous les tests.
Je reboutonnai mon vêtement.
- Si tu m'as refilé ta saloperie…
- Où est ma la coupelle, Eva. Je ne pas certain que ça va marcher mais je dois essayer.

- Elle est dans la salle d'exposition principale, ou les enchérisseurs potentiels peuvent la voir aujourd'hui, comme toujours les veilles de vente.
- J'y vais, je me dirigeai vers la sortie sans attendre qu'elle me raccompagne, et, j'ai trouvé sans difficulté le panneau "Salle d''Exposition 1- Judaïca 12 décembre": la coupelle y trônait dans une haute vitrine en plein centre de la piece. Je savais mon impulsion foireuse, risquée, insensée, mais je me devais de tout tenter. Après avoir attendu suffisamment longtemps pour que le gardien posté à l'entrée soit distrait par un visiteur, j'ai évalué la situation, personne à gauche, personne à droite, et je me suis dirigé droit vers elle. Lorsque j'ai essayé d'ouvrir les grandes portes de verre, elles étaient bien-entendu verrouillées, et je n'ai pas réussi à les forcer discrètement. L'agent en uniforme ne remarqua pas cet effort initial. Mais quand, excédé, j'ai cassé la vitrine d'un coup de poing, déclenchant la sirène d'alarme stridente, il dégaina son arme et courut vers moi. J'eus juste le temps de verser le contenu de la mini-bouteille dans la coupelle et de l'avaler d'une traite, la main en sang.

Puis le vigile m'a plaqué au sol. Alors qu'il me maintenait immobilisé du poids de son genou sur mon dos, la voix d'Eva:
- Tu cherches a aller en prison ou quoi, Christian?
En l'entendant, le garde se retourna, étonné:
- Vous connaissez ce voleur, Mademoiselle Clarstein?
Il s'était formé un petit attroupement autour de nous.
- Monsieur Kravitz est un client de la maison et le propriétaire légal de cet objet. Ce doit être accidentel, n'est-ce-pas Monsieur Kravitz? me fit-elle d'un clin d'oeil discret.
- Oui, je confirmai, je me suis appuyé trop fort sur la vitre et...
- Je n'en crois pas un mot. J'appelle la police! Menaça le garde.
- Ecoutez Gilbert, attendez que j'en parle au Directeur.
Elle composa deux chiffres sur le téléphone mural.
- Monsieur le Directeur, nous avons eu un malencontreux incident dans le salle d'exposition numero un, si vous pouviez descendre tout de suite. Oui la tout de suite. Merci.

Puis s'adressant au gardien: "Monsieur Gasshoile arrive."
- Aïe, vous me faites mal! je protestai, écrasé par le genou anguleux du garde.
Celui-ci s'adressa aux observateurs :
- Sortez tous d'ici, s'il vous plait messieurs-dames, le secteur est interdit jusqu'à nouvel ordre!
Un second vigile arriva au pas de course.
- Ben qu'est-ce qu'il s'est passe, Gigi?
- Le type y dit qu'il a cassé la vitre par accident. Tu parles! Aide-moi a virer les gens qui restent.
- OK. Genial! Pour une fois qu'il a de l'action ici!
Entra alors le dit Monsieur Gasshoile,
- Qu'est-ce que c'est cette histoire.
Eva l'entraina sur le côté.
- Monsieur Gasshoile, il s'agit juste d'un malencontreux accident. Monsieur Kravitz, sur la moquette, est encore, au jour d'aujourd'hui, le propriétaire de la coupelle de circoncision qui est en couverture du catalogue.
- Oooooh, fit-il, une magnifique piece.
- Oui Monsieur. En s'appuyant trop fort sur la vitre, il l'ai brisée.

- C'est impossible, rétorqua mon tortionnaire qui me placardait, "pour la casser, il faut vraiment le faire exprès!
- Et je vous rappelle, Monsieur le Directeur, que la vente est demain, et que si la police s'en mêle, celle-ci serait compromise.
- Hmmmm, se gratta-t-il le menton. "Que proposez-vous, Mademoiselle Clarstein?"
- Le mieux serait de ne pas créer de vagues.
- Et cet objet lui appartient, vous dites? regarda-t-il la coupelle renversée sur la moquette, ayant tâché celle-ci de plusieurs éclaboussures ambres, auxquelles personne ne prêta attention.
- Oui.
- Et vous, qu'avez à dire pour votre defense, Monsieur?
Je me suis remis debout.
- C'est vrai, c'était un accident, ce verre est plus fragile que vous ne le pensez, c'est vrai, je ne l'ai pas fait exprès.
- Et mon cul, c'est du poulet ? se montra toujours aussi dubitatif le garde. Le décisionnaire, lui, face à la perspective d'une vente annulée, n'eut aucune hesitation.

- Relâchez immédiatement ce Monsieur, vous voyez bien qu'il s'agit d'un accident.
- Mais j'ai bien vu qu'il…
-Vous avez entendu, libérez-le sur-le-champ. L'affaire est close.
L'homme se dégagea de moi et le Directeur me tendit même la main, pour serrer la mienne. "Mais vous saignez!
- Non, ce n'est rien, je vous assure, je cachai mon entaille dans ma manche.
- Avant de rouvrir au public, appelez l'intendance pour qu'ils viennent vite remplacer la vitrine part une autre , plus solide. Veuillez nous excuser, Monsieur…
- Kravitz répondit pour moi Eva.
- Allez je vous laisse, Monsieur Kravitz
Sans me laisser le temps de le remercier, elle tourna les talons et me poussa vers la sortie. Devant l'immeuble, elle me sermonna:
- C'est le matin et tu pues déjà l'alcool. Je ne te comprends pas Christian. Tu es sur le point de gagner une fortune avec la vente de ta coupelle, c'est peut-être cela qui te fait agir ainsi. Mais écoute-moi bien, si tu reviens ici avant la vente, c'est moi qui appelle la police. Le bidule sur ton pénis te trouble, je

comprends, moi aussi, d'ailleurs dès
demain je vais faire un frottis chez le
gynéco, mais je te préviens si tu
recommences à agir comme un fou, je
te traiterai comme tel. Et je te quitterai.
- T'inquiète pas: ca y est, j'ai bu
dedans!
- Il te faut te ressaisir, Christian, pour
toi, et pour nous. Il n'y a rien que la
médecine moderne ne puisse arranger.
On va trouver une solution, mais arrête
de te comporter de la sorte. Tout va
bien se passer. Allez, file maintenant.
On se revoit après la vente. Mais tard.
Je finirai bien après la fin des enchères,
parce que il me faut tout boucler pour
les dossiers de chacun des lots vendus
avant le week-end.

Au café du coin, dans les toilettes, à
l'abri des regards, j'ai rincé les sang de
ma main et vérifié mon pénis: le
prépuce était a sa place, dans toute sa
longueur, et même un chouïa
davantage. Je refusais de perdre
espoir: c'était encore trop tôt pour juger
du résultat de mon action.
En rentrant chez moi, j'ai mesuré
l'appendice a l'aide d'un double-
décimètre, en maintenant la bouche du

prepuce a plat sur mon bureau, il faisait sept centimètres trois, et je pris la resolution de désormais la mesurer avec précision à chaque fois que j'irai aux WC.

10. Des enchères d'enfer

12/12/2012 - Le lendemain, avant de me rendre a la salle de vente, j'ai remesuré mon prepuce, et, sauf erreur, il était moins long d'un demi-millimètre! C'est donc d'un pas enjoué et tout sourire que j'ai pénétré les lieux. Mon nouvel associé rom, Guyekevek, était venu en force avec son clan au complet, dans leurs guenilles du dimanche, avec leurs femmes aux robes fleuries, leurs ados pickpockets, leur pléthore de gosses sales jouant sur l'épaisse moquette pourpre fraîchement nettoyée.
Moi, je ne m'étais toujours ni changé, ni douché, ainsi que je m'y étais engagé, en vue du tournage à venir du rappeur-cinéaste : maintenant j'empuantais à

tel point que, malgré l'affluence, les sièges à proximité de moi restaient, eux, tous libres. Appâtée par mes effluves nauséabondes, une mouche se posa sur ma joue.

Au premier rang, le mafieux écossais avec le marchand Samama accroupi devant lui.

A ma droite, les deux barbouzes du Vatican, à visage découvert. Le plus petit faisait nerveusement l'hélicoptère avec un stylo, le virevoltant entre le pouce et l'index, et le plus grand se rongeait nerveusement les ongles.

A ma gauche, les deux israéliens, étaient nerveusement assis sur le bord de leurs sièges, le colonel chauve mâchouillant nerveusement un chewing-gum et son acolyte velu se tressant nerveusement une natte de barbe.

Il y avait aussi un petit groupe des Juifs Décirconcis, louchant amoureusement du côté de mon entrejambes. Avec eux, le docteur Lévy-Cohen et le rabbin Choukroune, en grande conversation avec Abdul le rappeur, qui demandait à tout le monde d'investir dans son film.

Mais personne ne va rien intenter de violent ici aujourd'hui, me suis-je

rassuré, c'était trop tard de toute manière.
Pas même la sorcière-alchimiste dérangée, qui me fit coucou de loin.
Il restait peu de places vides sous les lustres en cascade de la majestueuse salle des ventes – la rangée du fond était annexée par un groupe de commerçants des Puces : ma trouvaille avait fait le tour des échoppes là-bas, prouvait qu'un pauvre broc comme moi, comme eux, pouvait encore y toucher le jackpot, qu'on pouvait encore y pêcher des perles, dans cette poubelle à ciel ouvert.

Eva, assise du côté gauche de l'estrade, était stratégiquement positionnée face à une batterie de téléphones, et devant trois de ses collègues, jeunes et jolies elles aussi. L'équipe était sur le pied de guerre pour prendre au bout du fil les enchères directes de riches investisseurs - parmi lesquels, aux dires d'Eva, les deux plus grands collectionneurs d'Hebraïca au monde, cinq musées, le Ministère de la Culture d'Israël, et parmi l'assistance se trouvaient des envoyés du Vatican, m'avait-elle informé, merci beaucoup, ca je le savais.

Une quatrième grâce aux longues jambes vint s'installer derrière un écran de portable afin de modérer les enchères en ligne et je me suis dit qu'ils aimaient vraiment beaucoup les jolies femmes dans leur métier.

Le maître de cérémonies, un élégant gentleman, ajusta son micro. Il commença par faire démonstration d'un extraordinaire cheveu sur la langue, renforcé par un zozotage têtu:
 - C'est une vente exceptionnelle que j'ai l'honneur de vous présenter aujourd'hui, Mesdames et Messieurs, près de quatre cents lots de Judaïca qui ne sont pas sortis des collections privées depuis un demi-siècle, parfois plus. »

Débutèrent les enchères, et commencèrent à défiler sur l'estrade des employés gantés de blanc, emmenant à bout de bras devant eux les objets, un à un, jusque sur le pupitre-présentoir, lot numéro 1, lot numéro 2, lot numéro 3...

Le zozoteur au cheveu sur la langue les mit successivement en vedette :
lot numéro 17 - Un sac à tefelin en velours 'rouze', brodé de fils métalliques dorés, formant une étoile de David... adjugé 1 200 euros ;
lot numéro 34 - un verre de kiddoush en opaline émaillée... 1 530 euros ;
lot numéro 37 - une clé rabbinique en nacre vermeillée, dans son écrin d'origine... 4 500 euros ;
lot numéro 42 - une mezuza mésopotamienne en ivoire, 'thertie de thaphirs'... 12 000 euros ;
lot numéro 50 - une amulette en argent, sur âme de bois chantournée à sa partie supérieure... 5 000 euros ; lot numéro 53 - une porte de synagogue en hêtre du liban sculptée et ajourée, représentant Moïse tenant ls tables de la loi...14 000 euros ;
Et ainsi de suite… Pour la faire courte, avant ma coupelle, aucun lot ne parvint à dépasser la barre des vingt mille euros.
Puis arriva enfin son tour, lot numéro 136, mon se mit a battre 136 km/h, car, pour me libérer de ma malediction, j'étais determine a aujourd'hui me ridiculiser devant toute l'assistance…

Avec la coupelle l'ambiance parmi les enchérisseurs se chargea d'électricité.
- Notre star du jour est une coupelle de circoncision en argent massif gravé, qui, d'après la datation carbone, ainsi que de l'opinion de nos experts, nous vient du début du premier siècle de notre ère - - leurs avis se rejoignent également pour dire qu'elle serait originaire de la région de Bethlehem, et que cette coupelle était en usage du vivant de Jésus Christ, avant la destruction du temple de Bethlehem, dont y figure une représentation - - - il se pourrait que Jésus ait lui-même été circoncis dans cette coupelle de la synagogue du village où il est né, à l'époque ou il est né - - - - une gravure ancienne représente le temple de Jérusalem, une autre gravure rajoutée vers le douzième siècle représentant un rabbin et un musicien, côte à côte, semble indiquer que la coupelle a servi à circoncire le fils d'un riche membre d'une communauté juive polonaise ou hongroise - - - - - Deux inscriptions en caractères hebraïques ont été ajoutées vers la même période, poursuit le commissaire-priseur, « la première dit, 'sache trois choses - d'où tu proviens,

où tu veux aboutir et à qui tu dois rendre des comptes'... Et sur l'autre face est gravé un seul mot - milah - qui signifie coupure.

L'une des jeunes femmes derrière les postes de téléphone se leva, clairement secouée par ce qu'elle venait d'entendre au bout du fil, et vint murmurer quelque chose à l'oreille du présentateur aux défauts de prononciation.
Sur le champ, il se planta face au public pour annoncer :
- Nous allons à présent ouvrir les enchères pour cette coupelle biblique, et j'ai déjà une offre au téléphone à un million d'euros - - qui dit mieux ?
Un million d'euros !
En un instant, Eva et ses collègues furent débordées d'appels, et dans la salle une douzaine de mains levées se livrèrent une sorte de combat aérien : marchands, conservateurs de musées, curateurs gouvernementaux et collectionneurs de haut vol... mitraillant de leurs contre-enchères le commissaire-priseur. Lorsque celui-ci annonça un million neuf thents mille, au téléphone, et tout de suite après deux

million six cents huit mille, d'un enchérisseur en ligne, mon insécurité financière chronique, d'un coup, ne fut plus qu'un vague souvenir.

Estimée entre 700 000 et un million, elle sera finalement vendue 2 800 000 euros par un acheteur anonyme - surpassant de peu le record de 2 785 500 euros pour une torah incunable sur velin du quinzième siècle proposée par la même maison de ventes en 2011. Malgré sa fonction lui imposant de garder un sérieux professionnel, Eva me gratifia d'un large sourire.

C'est a cet instant-la que ce beau sourire se changea en expression horrifiée : à la tombée du marteau, les roms, qui étaient contre toute attente restés respectueusement silencieux jusqu'alors, se lâchèrent complètement - - pas sourds pour un sou et ayant saisi la magnitude du nombre énoncé, cependant ignorants du bien-séant de mise en cet honorable établissement, ils hurlèrent comme des loups, sautant de joie, debout sur les fauteuils en velours rouge - - puis bras dessus, bras

dessous, ils dansèrent tous en rond et dansèrent encore et encore, chantant à tue-tête, alors qu'il restait cinq enchères à mener pour compléter la vente.
- Veuillez s'il vous plaît garder le silence pendant les enchères, sinon vous serez expulsés.
Le silence étant impossible à obtenir, elles furent d'un autre coup de marteau suspendues à une date ultérieure.
Guyekevek s'approcha de mon siège, pour une fois l'air craintif :
- Toi et moi OK fifty-fifty, juif ?
- Oui, oui, je confirmai, fifty-fifty, mais maintenant toi arrêter appeler moi juif, s'il te plaît, Guyekevek, OK?
Le concept que cette manière de s'adresser à moi fût antisémite lui échappait :
- Toi pas juif ? me demanda-t-il.
- Non, c'est pas ça, j'ai essayé de lui expliquer. « Mais ça fait raciste, tu saisis ? Ra-ciste. »
Sur son visage se dessina une grimace dépitée :
- Oui Frankreich beaucoup racistes. Beaucoup.
Puis Guyekevek m'enlassa à m'en fracturer les côtes - j'ai cru qu'il allait me lancer un ultime toi bon juif, toi pas

enculer Guyekevek, mais se retint. Il se retourna vers les siens, leva le pouce, et en un instant les tziganes sortirent de nulle part trombones, accordéons, trompettes, guitares, harpes, castagnettes ! Les femmes se déhanchaient en une farandole colorée de longues robes fleuries virevoltantes, tintantes de clochettes, sous l'oeil de plus en plus ébaubi des autres spectateurs, dont la plupart rentraient bredouilles, ramassant catalogues annotés, vestes et manteaux comme une armée défaite ses blessés et ses morts.

La fête tzigane se poursuivit dehors, une arabesque musicale renforcée par d'autres familles roms qui y attendaient déjà leur champion, Guyekevek le Magnifique : un broc des Puces m'a récemment appris que ses aventures étaient désormais chantées dans tous les campements roms de Roumanie et d'Europe.
En descendant les escaliers, je suis passé devant les deux barbouzes en soutanes, apparemment dépités d'avoir perdu les enchères, qui se chamaillaient :

- Mama mia, che Stronzo che sei, entendis-je fratello Guiseppe insulter son petit collègue en italien.
- Senti, volevo scusarmi per l'altra sera, ho combinato un bel pasticcio, baissa la tête fratello Pietro, se reprochant de n'avoir pas réussi à ramener la relique au Vatican.
Là, les deux israéliens, l'air sombre eux aussi, nous ont doublé, les cathos et moi, sautant les marches quatre à quatre - - nous comprîmes que leur camp n'avait pas non plus remporté la coupelle. Derrière leur dos, Fratello Guiseppe se protégea d'eux avec la croix de son collier de billes de bois, comme s'il se défendait de vampires.

Dans la cour de l'hôtel des ventes, tziganes et décirconcis frétillaient autour de moi comme des hannetons autour d'un halogène. Les premiers entonnèrent en mon honneur ce qui ne pouvait être qu'un chant d'équipe de foot de chez eux, mais lorsqu'ils voulurent me soulever en l'air pour me porter en triomphe, je réussis de justesse à me dégager du rond qu'ils avaient formé autour de moi. Me distanciant à quelques enjambées

d'eux, catastrophe, j'échus dans les pattes de la sorcière alchimiste.
- Qu'est-ce que vous me voulez encore, vous ?
- Et votre problème, il ne va disparaître tout seul, mon garçon... et ma mission de vie alors, il a oublié l'étourdi ? Ma mission d'alchimiste, vous vous en souvenez ?
Elle piocha dans son cabas, en retira un biberon en verre transparent, ça bouillonnait et il y avait de la fumée qui sortait de la tétine !
- J'ai amélioré la formule, mon garçon, parce que je sais que vous n'avez aucune patience. Avec ça, votre prépuce sera putréfié en trois petits jours.
- Je vous préviens pour la dernière fois, foutez-moi la paix avec votre putréfaction ! Vous ne me putréfierez jamais, vous entendez, jamais, jamais !
- Et j'ai rajouté des pétales de rose, à cause de l'odeur, m'ignora-t-elle.
Dieu merci, quand, son contenant en avant, la sorcière essaya de se rapprocher de moi, les tziganes firent barrage – j'étais désormais sous leur protection. La mauvaise fée battit en retraite.

- Si je vous revois, je vous jure que j'appelle les flics, je la menaçai par-dessus chapeaux en feutre de mes nouveaux copains - - je m'assurai que la forcenée se dirigeait bien vers la rue et sortait effectivement du bâtiment.

La joyeuse célébration tzigane remplissait l'air, par-delà l'immeuble, de mélodies heureuses, musique envoûtante des profondeurs des Carpates qui s'élevait en une spirale hypnotique, de plus en plus frénétique, jusqu'à cela se transforme en une sorte de transe vaudou, attirant des curieux, qui croyaient qu'il s'agissait là d'une animation commerciale. Puis, je me suis lâché, moi aussi, j'ai bu, chanté et dansé avec eux, des heures durant.

Au fur et à mesure que les gens partaient, et que le soleil se couchait, l'ambiance, aidée d'alcool, se dégrada un peu, surtout après que Guyekevek eut édenté un vigile. Des ados ébréchés escaladèrent à mains nues la facade nord de l'immeuble. Une femme se mit à cracher du feu.

Peu à peu la cour se vida, les gens de l'est se calmèrent et se dispersèrent, non sans au préalable chacun être venu me faire une bise reconnaissante. Le Mossad partit en Scénic, le Vatican en taxi. Les décirconcis ne me lâchant pas d'une semelle ; je dus leur demander gentiment.

Puis, alors que j'allais récupérer Eva, laquelle avait donc dû rester travailler tard pour boucler la vente, quel ne fut pas mon énervement de voir arriver Poitrin dans son éternel anorak jaune-pipi et accompagné de sa dominatrice décrépie !
- Quoi encore ?
Intervint la vixen carte vermeil avec sa voix tremblotante :
- Je peux faire la soumise aussi, si vous préférez.
Ce fût la goutte qui fit déborder le prépuce.
- Vous, Poitrin, et vous, Madame la dominatrice, vous allez sortassier de ma vie ! Je ne veux plus jamais vous voir, vous entendez, plus-ja-mais.
- Décidément, Porcinet, tu as le chic pour m'emmener là où je ne suis pas

désirée. Ca tu me le paieras, je te le promets !
La dame âgée secoua sèchement la chaînette qui sortait du pantalon de l'aristocrate.
- AÏE ! Maîtresse je vous en supplie ! Moins fort... OUILLE !
- Qu'est-ce qu'on dit, tapette ?
- Pardon Maîtresse... OUCH ! merci Déesse... AÏE !
- Et vous, le plouc, surtout allez vous faire voir, dit la vieille Ulla. "Vous ne savez pas ce qui est bon.

Lorsque Eva, exténuée, descendit enfin de son bureau, très pro, elle a refuse de me reveler l'identité de l'acheteur anonyme.

Je ne l'ai appris le lendemain sur le fil des titres d'actualité: "Le futur Louvre Abu Dhabi achète une coupelle de circoncision juive de l'époque et lieu de baptême de Jesus Christ."
Le curateur du musée en phase finale de construction y expliquait que cette acquisition ouvrirait l'établissement davantage aux catholiques et aux juifs, dans un effort d'établir une image plus ouverte du pays.

Euphorique et affamé, j'étais chaud pour aller au resto..
- Je n'ai pas faim, il est tard, je suis fatiguée, et toi tu es soul, il est hors de question que je monte en voiture avec toi.
- On prend un taxi.
- Et on ne dort pas ensemble tant que tu as encore cette abomination, tu comprends ?
Soudain, en plus de l'angoisse immense qui m'assaillait de par ma déformation génitale, je me sentis seul, abandonné.
- Tu me quittes ?
- Non, je ne te quitte pas. Mais il n'est pas non plus question que je couche avec toi sans savoir a quoi je m'expose. Et franchement tu es trop sale, tu sens trop mauvais.
- Ah c'est comme ça.
- Oui. On s'appelle demain, dit-elle en montant dans son Uber qui venait d'arriver.
- A demain, j'ai répondu avec defiance, alors qu'elle avait déjà claque la portière.

Moi, je me suis retourné dans la cour où il ne restait qu'une petite dizaine de Juifs Jésuphiles Décirconcis, avec leurs chefs, le docteur Levy-Cohen et le rabbin Choukroune ; ils me regardaient tous avec des yeux de merlan frit.
- Hey, docteur, je vous invite tous dans un bon resto, ca vous dit?
- Oh, Nouveau Messie, c'est trop d'honneur.

11. **Le dernier repas**

J'ai invité à diner la bande des juifs décirconcis au Pied-de-Cochon, pas trop loin et ouvert tard. Malgré l'heure, le restaurant était bondé. On nous a dressé la seule longue table disponible, laquelle se trouvait sur le passage des serveurs près des cuisines, alors nous étions tous les treize côte à cote, avec nos chaises alignées dos au mur, moi au centre, afin de laisser la place au personnel d'accéder aux fourneaux. Le rabbin Choukroune demanda à un serveur moins rapide que les autres de s'arrêter pour nous prendre en photo avec son mobile, afin d'immortaliser l'instant.

- C'est incroyable! s'extasia le rabbin, quand le serveur lui eut rendu son téléphone. "Regarde, frère docteur!
- C'est un miracle! éclata en larmes celui-ci face à ce qu'il voyait sur l'écran. Tous les décirconcis se groupèrent derrière eux pour s'extasier de la prise de vue de notre tablée avec des cris jouissifs.
- Regardez, Nouveau Messie, regardez! Choukroune me passa l'appareil.C'était incroyable: on aurait une reproduction quasi-parfaite de la Cène, le dernier repas du Christ, à l'identique, avec moi dans le rôle titre et les décirconcis en apôtres. J'en tremblais. Honnêtement, personne n'aurait pu se douter qu'il s'agissait d'une composition spontanée, tellement c'était ressemblant au célèbre original par Leonardo de Vinci. Sur un autre écran, nous l'avons comparée avec la peinture murale du maitre Ce n'était tout simplement pas possible tellement les similitudes paraissaient extrêmes, la paume dressée du barbu de gauche, le doigt levé du barbu de droite, les trois en bout de table qui discutaient entre eux. J'ai vidé mon verre et suis sorti du restaurant pour réfléchir. Etais-je vraiment le Nouveau

Messie? Ce prépuce m'était-il prédestiné, un cadeau de Dieu, comme un signe de renaissance mystique par la chair? Et si en effet j'étais vraiment le Nouveau Messie, est-ce que cela signifiait que j'allais un jour avoir des choses profondes a révéler, et un jour me faire crucifier?

J'ai profité d'un tour aux toilettes pour de nouveau mesurer mon prepuce sur le couvercle de la cuvette -- j'avais emporté avec moi mon double-décimètre dans ce but. Je m'y suis repris à plusieurs fois pour être à cent pour cent sur de ma précision et de ne pas me tromper: le prepuce avait grandi de deux millimètres! Deux millimètres de plus! Aucune erreur possible. Alors j'avais beau être le Nouveau Messie, mon problème n'en était pas réglé pour autant. N'avais-je pas bu suffisamment de la coupelle ? Ou peut-être la coupelle n'avait-elle rien de magique après tout. Ou peut-être encore étais-je à ma place, dans cette secte, avec ce prépuce.

De retour à table, Choukroune constata mon changement d'humeur.

- Pourquoi tu fais cette tête, Nouveau Messie? T'as trop mangé?

- Allez, je vais rentrer maintenant.
- Tu n'as même pas fini mon dessert, Saint des Saints. Pourquoi es tu si pressé?
- Ne me recontactez pas avant quarante jours et quarante nuits, je dis tandis que je partais, zigzaguant parmi les tables, amusées ou dérangées par mon apparence débraillée, pouilleuse, et mon ivresse titubante.
De nouveau les soupirs de dévotion et les "j'aime ta queue" de mes fidèles, que je ne pouvais déjà plus supporter. J'aurais du finir ma crème brûlée. Car, après ce gueleton bien arrosé au restaurant, l'horizon s'apprêtait à se refermer sur moi.
Dans mon état d'ébriété avancé, j'ai miraculeusement retrouvé l'emplacement où je m'étais garé, et j'ai bêtement pris le volant – j'ai tout-de-suite croisé un véhicule de police, qui ralentit mais ne s'arrêta pas. Soulagé d'avoir échappé au retrait de permis, j'ai relâché un instant ma concentration, et ce fut donc dix minutes plus tard, dans le virage du pont de Grenelle, mal négocié alors que je roulais trop vite sur les pavés mouillés, qu'elle est partie en dérapage totalement incontrôlé et la

dernière chose que j'ai vu avant de perdre conscience fut le pilier métallique contre laquelle j'allais m'écraser.

Dans mon rêve, il y avait un long couloir de lumière.

Un homme qui ne pouvait être que Jésus Christ s'avançait en contre-ombre vers moi, puis fit halte, pointant le doigt vers mon sexe. J'ai baissé les yeux et vu, horrifié, que mon prépuce avait maintenant la longueur d'un petit tuyau d'arrosage!

- Non! Nooooooon!
- Ne t'en fais pas, dit Jésus, tu es toujours juif, et tu seras toujours juif, même avec un prépuce d'un kilomètre de long, même si tu te fais refaire le nez, même si tu ne connais pas les fêtes juives ou la moindre prière, même si tu ne rends pas hommage à tes ancêtres, même si tu n'es jamais allé en Israël, même si certains séfarades te font honte, même si le comique Gad Elmaleh ne te fait pas beaucoup rire, même si tu fréquentes des antisémites, même si tu trouves que le cacher c'est une arnaque, même si tu n'as aucun ami juif, même si ton ex te traite de goy, même si t'épouses une princesse

super-catho, même si tu ne connais pas un fichtre mot d'hébreux, même si tu n'as pas fait ta bar-mitzvah, même si tu te convertis, même si pour toi les Loubavitchs ne sont pas davantage que des scientologues poilus, même si tes parents t'ont donné un prénom catho, et même si tu changes de patronyme, tu es juif, Christian, indéniablement juif, quoi que tu fasses, et tes enfants seront juifs, et leurs enfants seront juifs, eux aussi. Et tous les non-juifs te verront toujours comme différent, aussi assimilé sois-tu. Les haineux te haïront même si tu deviens Cardinal de France, ou Grand Mufti, même si t'écris une nouvelle traduction de Mein Kampf, même si tu risques ta vie pour la patrie. Le plus tu réussira, le plus on t'en voudra, toutes tes victoires se retourneront éventuellement contre toi et les tiens. Et aussi intégrée soit ta famille, toutes les quelques générations, tôt ou tard, des courants antisémites prévaudront. Alors les privations, brutalités et massacres recommenceront. Accepte enfin la vérité, tu es juif, aussi juif que l'on puisse l'être. Tu ne te débarrasseras jamais de l'épée de Damoclès au-dessus de ta tête, tu connaitras jamais la paix sur Terre. Alors arrête de rêver.

J'ai rouvert les yeux sur un lit d'hôpital, complètement groggy. Une infirmière trifouillait un goutte-à-goutte attaché à mon bras.
- Ou je suis?
- Bonjour Monsieur Kravitz.
Elle appuya sur un bouton. "Vous êtes en salle de réveil au bloc opératoire de l'hôpital Georges Pompidou.
- Bloc opératoire?
- Oui, vous avez eu beaucoup de chance que le docteur Von Schnitzel ait pu intervenir si vite,
- Je suis le docteur Von Schnitzel, monsieur. C'est bien que vous ayez déjà repris conscience, dit avec un accent allemand un homme en tenue de chirurgien ensanglanté, arrivant au pas de course. "Vous avez des douleurs? Des crampes? La nausée?
- Non, ca va. Je me sens faible et dans les vapes. De quoi j'ai été opéré docteur?
- Tout va bien, ne vous en faites pas, j'ai pu tout remettre en ordre.
- Comment ca docteur? Qu'est-ce qui était en désordre chez moi?

- Une fracture crânienne de cinq centimètres, Monsieur Kravitz. A un moment nous avions cru vous avoir perdu. Et il y avait un fort risque que vous restiez dans le coma après l'intervention.
Dans ma torpeur, je n'avais pas remarqué le pansement m'enserrant le haut du crâne.
- Merci docteur. Merci. Merci, je fis, en comprenant que cet homme m'avait probablement sauvé la vie
- Il y a eu une autre partie de votre anatomie sur laquelle j'ai également du intervenir.
Paniqué, en une fraction de seconde j'ai vérifié avoir toujours deux mains et deux pieds qui dépassaient des draps et que j'étais encore en capacité de les remuer. A quelle partie de mon anatomie faisait-il référence? Ne lui laissant pas le temps de préciser, je me suis touché le visage, et bien que n'y sentant aucune cicatrice, j'ai hurlé:
- Mon Dieu, je suis défiguré!
- Non, non, il ne s'agit pas de votre visage. C'est votre prépuce, exceptionnellement long au demeurant, qui a été sectionné par le volant de votre voiture, lorsque celui-ci s'est

affaissé entre vos jambes au moment où vous avez percuté le pilier du pont. Désolé, mais j'ai été obligé de vous circoncire.

J'ai regardé sous le drap: mon sexe était enrubanné comme celui d'une momie en érection.

- Vous, vous, vous…
- Oui, mon pauvre Monsieur, je vous l'ai recousu, avec des micro sutures qui seront invisibles une fois la plaie bien cicatrisée, et votre sexe sera comme neuf, à la seule différence qu'il sera circoncis.

Réalisant que l'accident avait rétabli ma circoncision, le bip-bip de mon moniteur cardiaque s'emballa.

- Evidemment, vous ne pourrez pas vous en servir pendant un certain temps. Je dois aussi vous prévenir que vu votre taux d'alcoométrie dans le sang, la police vous a retiré votre permis et vous passerez devant le juge. Allez, le brancardier va vous remonter dans votre chambre, et vous sera suivi à la maison par une infirmière libérale dès demain.

Dans la chambre d'hôpital, Eva m'attendait.
- Christian! Je suis si heureuse! Je n'ai pas dormi de la nuit. Ils ont trouvé ma carte de visite dans ta poche et m'ont téléphoné. Je suis tout de suite venue. Comment tu te sens, cheri?
- Veux-tu m'épouser?
- Oui. A condition que notre foyer adopte les traditions juives. Et que tu fasse soigner ton machin au zizi.
- C'est fait. Je suis circoncis. Le chirurgien a profité de l'intervention pour me couper le prépuce.
- Je te crois pas.
J'ai soulevé le drap pour lui montrer mon pansement génital.
- Alors qu'est-ce que c'était? Dis-moi que ca se transmet pas. Infirmière, tourna-t-elle la tête, qu'est-ce qu'il avait au sexe? Une maladie sexuellement transmissible, c'est ça?
- Je ne suis pas autorisée a vous en parler, répondit sèchement la soignante.
- Moi, je vous y autorise, je dis.
- Vous demanderez au médecin.
- Allez…, j'insistai, jetez juste un coup d'oeil à mon dossier, s'il vous plait. Elle me soupçonne de l'avoir contaminée.

La femme en bleu poussa un soupir exaspéré.

- D'accord, céda-t-elle en consultant le folio ouvert sur son chariot. "Non. Aucune MST détecté chez ce patient.
- Ouf, ca va mieux, souffla Eva, en me sautant au cou.
- Ouille !
- Bon, Madame, Monsieur Kravitz sort juste du bloc, il doit se reposer maintenant. Il rentre à la maison demain à midi, vous aurez tout le temps de discuter et de vous becquoter à ce moment-là.

Eva se pencha pour me chuchoter à l'oreille:

- Tu sens la bétadine, mon amour. Dieu merci ils t'ont lavé.
- Ah?

Je me suis soudain rendu compte que je sentais l'antiseptique, en effet. Bien-entendu qu'ils m'avaient lavé pour l'operation! Moi qui avais promis à Abdul que je respecterais son désir de ciné-réalisme hygiénique, en restant parfaitement sale, moi qui avais fait tant d'efforts en évitant tout contact avec le savon pendant des semaines! Le rappeur-réalisateur allait certainement être très déçu.

Depuis mon lit d'hôpital, d'un coup de fil, j'ai lâché mon bail commercial, et dès que je fus capable de marcher avec une canne, c'est-à-dire deux petits jours après mon autorisation de sortie, enturbanné comme un maradjah raspoute, j'y suis allé pour superviser le déménagement de mon fatras par une entreprise de stockage. A l'extérieur des grandes portes fermées, mon emplacement était déjà squatté par un marchand ambulant de babioles rastas bariolées de rouge, jaune et vert, de vêtements bouffants façon Bob Marley et d'accessoires à la gloire de l'Empereur Haïlé Selassie ; il portait des dreadlocks, grouillants de vie, jusqu'aux chevilles, et sentait l'herbe à cent mètres.
- Yeah man, ici je vends les meilleurs trucs de Jamaïque et tout différent, viens voir l'ami ! Regarde pour couvrir ce truc de malade sur la tête, tu peux mettre ce chapeau rasta, me passa-t-il, bon commerçant, un bonnet a grosses mailles marquee 'Lion of Sion'.
- Non, je ne viens pas pour acheter, c'est moi tenais ce stand avant, nous sommes ici pour le vider.
Son visage s'illumina :

- Yeah man, c'est toi le broc qui a trouvé le trésor de Jésus et tout différent ? J'ai entendu parler de toi, et tout different. C'est trop cool ça. Tout le monde a entendu parler de toi ici, et tout different. Parce que c'est toi, je te le fais à seulement quinze euros, rasta. Ca cache complètement tout le velcro la-haut et tout different."
Quoique… je me suis dit, il avait peut-être raison pour le chapeau, pourquoi pas essayer, il couvrirait mon pansement, ca ne pouvait pas être pire que le crêpé hospitalier que je portais sur le scalp. J'ai donc enfilé le bonnet rasta par-dessus mon bandage crânien, et me suis regardé dans son miroir cassé, décoré d'un auto-collant feuille de cannabis. Avec mon bronzage israélien, je ressemblais à un vrai rasta.
- Je vais te l'acheter ton chapeau" me suis-je de nouveau regardé dans sa glace.

Ensuite il a gentiment dégagé tout son gourbis sur le côté, j'ai ouvert et mes deux gars ont commencé à charger les nombreux cartons, sous ma directive. Quand ils eurent presque terminé, le marchand jamaïcain, qui en était à son sixième joint, héla des kaïras qui traînaient.

- Hé les gars, devinez qui c'est ce rasta !" interpela-t-il les jeunes stationnés devant la boutique de t-shirts d'Abdul, « C'est lui qui a trouvé le trésor ! »

Voyant le mouvement vers mon ancienne boutique, en me reconnaissant Abdul vint à ma rencontre. Moi qui voulais faire dans la discrétion, c'était raté. Je priais que le réalisateur intransigeant ne m'en veuille pas trop de m'être lavé.

- Hé frérot, ça fait plaisir, tu sais qu'on tourne ta seconde scène demain ?
- Non.
- Si, si, sur le Coran. Tu t'en souvenais pas?
- Si, si...

Il y avait maintenant une vingtaine de jeunes autour de moi.

- Hé, c'est lui le rasta qui touché tout le blé pour le machin en or qu'il a trouvé et tout différent, annonça le rasta.
- En argent, j'ai corrigé.
- Donne-nous un peu de ton blé, laziz, hurla un jeune, accourant.

- Ouais t'as plein de blé, donnes-nous en enculé de grosse bite, se précipita un autre, puis un autre.
- Laissez mon frérot tranquille, les cousins. Lui, c'est la famille. Il joue dans mon film. Dis-moi frérot, je croyais que je t'avais demandé de pas te laver, m'inspecta-t-il de près.
- J'ai eu un accident de voiture, Abdul, regarde ma canne mes pansements.
- Tu te fous de ma gueule, s'énerva-il, niant l'évidence.
- J'ai vraiment eu un accident, je soulevai le coin de mon nouveau bonnet.
- Génial. Sur le Coran, tu es le meilleur, mon frérot. Le meilleur pour trouver des excuses de mes couilles. Je t'avais demandé de pas te laver, je te faisais confiance, tu m'as niqué, alors tu sais quoi? Je vais te niquer toi aussi! On va tous te niquer ta race.

Sur cette menace, mon instinct de survie s'est mis en pilote automatique, je me suis lancé dans le tas comme une bille de flipper, mes jambes à mon cou, surprenant tout le monde, bousculant aveuglement kaïras, touristes et badauds, pour me fondre dans la

masse des flâneurs et des vendeurs de l'artère principale, le long du périphérique. Marchant vite et avec les genoux pliés pour me faire le plus petit possible, j'ai ainsi tracé tout droit, sans être intercepté, vers le boulevard extérieur. En quelques minutes, je me suis retrouvé, hors d'haleine, là où tout avait commencé, c'est à dire dans les vastes squares arborés où se tient le marché-aux-voleurs, le lieu miséreux ou j'avais acheté la coupelle. Tandis que j'avançais, essoufflé, peu sur d'être tiré d'affaire, sans un regard pour la marchandise toujours aussi pitoyable exposée par terre, autant effrayé à l'idée d'être rattrapé par Abdul et ses amis, que baignant dans des pensées joyeuses, celles d'être de nouveau circoncis, enfin millionaire et encore une fois amoureux; en plus, cerise sur le gateau, je quittais l'enfer des Puces. C'est alors que je vis Abdul Lefric, une batte de base-ball a la main! Je me suis baissé avant qu'il ne m'aperçoive, avec mon bonnet Lion of Sion descendu sur le front.
- Ya man, no Babylon, Jah est grand, j'ai dit à voix haute en lui tournant le dos, pour être plus credible. Ce faisant,

je me suis retrouvé face à un étal de brocante par terre, sur lequel le me suis immédiatement glué comme une pieuvre, et, Dieu merci, le rappeur-réalisateur me dépassa sans me voir. C'est alors qu'un accent asiatique m'interpella.
- Hey, vous Monsieul, vous etle juif ? Venez voil! Tles joli objet juif pour vous!

fin

© 2018 , Mickael Korvin

Edition : BoD - Books on Demand
12/14 rond-point des Champs Elysées, 75008 Paris
Imprimé par Books on Demand GmbH, Norderstedt, Allemagne
ISBN : 9782322104710
Dépôt légal : février 2018